旅人蕉文丛

Si xian qin

四弦琴

赵衡 著

暨南大学出版社
JINAN UNIVERSITY PRESS

中国·广州

图书在版编目（CIP）数据

四弦琴/赵蘅著．—广州：暨南大学出版社，2016.1
（旅人蕉文丛）
ISBN 978－7－5668－1614－6

Ⅰ．①四…　Ⅱ．①赵…　Ⅲ．①散文集—中国—当代　Ⅳ．①I267

中国版本图书馆 CIP 数据核字（2015）第 211977 号

四弦琴
著　　者　赵　蘅

出 版 人　徐义雄
策划编辑　潘江曼　杜小陆
责任编辑　潘江曼　陈转儿
责任校对　高　婷
责任印制　汤慧君　周一丹
出版发行　暨南大学出版社（广州暨南大学　邮编：510630）
网　　址　http://www.jnupress.com　http://press.jnu.edu.cn
电　　话　总编室（8620）85221601
　　　　　营销部（8620）85225284　85228291　85228292（邮购）
排　　版　广州联图广告有限公司
印　　刷　广东广州日报传媒股份有限公司印务分公司
开　　本　850mm×1168mm　1/32
印　　张　7.75
字　　数　193 千
版　　次　2016 年 1 月第 1 版
印　　次　2016 年 1 月第 1 次
定　　价　28.00 元

总　序

在酝酿组织出版这套丛书之时，我们取名为“旅人蕉文丛”，意在希望这套丛书像旅人蕉一样，为在求知跋涉中的读者，提供一片心灵遮风避雨的所在，奉献一掬清香的生命之泉，充分释放文学怡情悦性之效。于是，我邀集几位作家、老友，向他们索阅样稿，承蒙他们及时惠以支持，才得以完成这件有意思的事儿。

所谓丛书，应该是“文以类聚”，但千人一面，就失之平俗，所选的六本书，力求风格各有侧重，有说文谈史，有杂文随笔，有海外游踪，也有国内见闻，更有历史人物考证，长有韵味，短不谫陋，妙趣横生，“五味杂陈”，实如尝鼎一脔。

顾农说文谈史，言近旨远，所写之文多为“自己读书行路的收获和感慨”，他用闲谈式的随笔，将可谈与不可谈之物之事一一呈现，以飨读者。朱大路用“一寸见方”之文，说文表意，唱好了属于自己的“道场”，让遗落在“夹缝”里的题材，经过他的私人订制，成为富有个性色彩的符号。

三位女作家的散文，文笔清丽灵秀，情感细腻，别具一格。赵蘅用四弦之琴弹奏出人生岁月的丰富多彩，在记录书写生命故事之时，让我们感悟生命传承的意义，在追问“客从何处来”的过程中，翻看历史，体悟亲情。尤今用洞箫里流出的缤纷色彩将读者带进精神的伊甸园，将所见所闻所思形诸笔端，于轻松的述说中将生活给予我们的启示和教诲娓娓道来。朵拉笔调清新活泼，洒脱的行文中蕴藏着对人生、世态的情感和见解，其自出机杼，独树一帜，这大概就是“六经注我”的精神吧。

在初冬季节，读着出版社寄来的书样，感慨油然而生。读一本好书，犹如拜访一个高尚纯洁的灵魂，与之作心灵的对话，从作家的喜怒哀乐，以及他的取材、他的角度、他的发现，我看到他的快乐与痛苦，了解他的希望，我于是受到启迪，得到智慧，懂得感恩，变得聪明。

南方的冬季，不算太寒冷，找个僻静处，带上几本书，在暖暖的阳光下，静静地、寂寂地读起来，真有羲皇上人的感觉。借此机会，向丛书的作家、教授致以谢意，向出版社的编校人员致以敬意！

但愿这套丛书，受到读者的欢迎和喜爱，以它独到的语言、深刻的哲理、简朴的思想，哺育更多的心灵。

刘克定

2015 年 11 月 27 日

题序：我的琴弦为谁拨响

拾回落在10年前的一个书名，是件开心的事！

起新书名时几次遇上自己得意，却被说成“看不懂”的尴尬，因而只好舍弃。如同一艘样貌颇“怪异”的船被搁浅在海湾泥沙里无声无息，终于有一天被重新挖掘出来。

四弦琴源自我并不熟悉但深知其美丽绝伦的夏威夷。那是种小巧玲珑且携带方便的乐器，琴皮不拘一格，可漆成五颜六色。因只有四根弦，具有简练、单纯、朴素的特征，这正契合了我一向对文字的追求。

四根弦并列，各有位置，便已不尽相同了，这也恰是我喜欢分门别类梳理做书的习惯。

因而，我将这些年写下的长短文按内容分成四部分，分别将其称作弦一、弦二、弦三、弦四。每根弦拨响一种声音，四种声音混合在一起，长长短短，高低缓急，时而如疾风暴雨，时而如诉如泣。就像我这70年的人生岁月，起承转合，丰富多彩，却苦难多于幸福，幸福又化解苦难，曲曲折折，喜剧，悲剧，我喜欢说自己善于化险为夷。

所收录的文章，最早的写在20世纪90年代，1990年12月5日的上午，我第一次见到了冰心老人。时局动荡中老人的风骨，激荡我的心，我拜访后做了追记。绝大多数文字写于近年，甚至有专为这本小书而作，带着新浸染的墨香的。文字涉猎前辈的老故事以及零零碎碎身边小事引来的人生感悟。一个人三岁看大，一件小事能见大道理，这是我素来深信不疑的。还有几篇是引来我眼泪、欢笑的书籍和影视作品的随想。

记录书写生命的故事一直是我的偏爱，自从明白了“养儿方知父母恩”和生命传承的意义，我花了很多时间去探寻我从哪里来，我的家庭从哪里来。这一探寻并不轻松，是需要勇气的，真相的证实常会令我喜忧交集，甚至要承担风险，何况我们的家庭经历了最惨烈的“二战”“内战”和众所周知的政治运动。但无论如何，我的探寻越是深入，我的爱就变得越醇厚和浓烈。所以我的书总是首先献给赐予我生命的双亲，他们养育我长大，我怎样感恩也不会够！

正逢抗日战争胜利70周年纪念日，身为抗战胜利年出生的由一个小女孩变成一个老人的我，此刻的慨叹是无法用语言形容的。

活着就是奇迹，活着就有希望。我希望自己的文字能为我去世16年的父亲，去世6年的舅舅，许多在我笔下得以重现人格魅力、我尊敬的前辈们，还有我亲密可爱的朋友们献上我的思念和爱，我的琴弦为你们而拨响！

我更希望青年们能多了解一些我们中华的历史，明白前人是怎样走过来的。让它不要成为空白，不要支离破碎，更不可以被歪曲、变形、走样，不能让悲剧重演！

而我的琴弦会一直弹拨下去，生命不息，吐字不止。

写于2015年5月22日南京

父亲亲手种下的石榴花已挂满枝头

目　录

弦三：谈心

弦四：侃山

弦一 寻故

不管怎样，那天的雪，深深触动了少年的心怀！

那些发生在远远近近的，听来的，经过的情景，此刻就像一幅幅画面都一一浮现出来。

外婆的遗产

1992 年 5 月 19 日下午 5 点，我的外婆走了。

从此再没有家族老少四辈数十口人一起祝老人家长命百岁的日子了！

现在回想起外婆八十大寿那年舅舅跪下磕头的情景，仍让我想笑，要是能再现一次就好了。

对外婆的记忆，慈爱和惧怕并存。这和自己在家族中所处的位置有关。早产儿的先天不足总会和别人有点不一样，比方大家越说我呆，我便越会时不时发生让人抓住这呆的把柄的事情。

好像不止一次在家族聚会吃饭时，外婆一连唤了我几遍“二木头！”我都没觉察。我偏偏被安排坐在她老人家的对面，等我这个比常人慢几拍的傻孩子反应过来一抬头，发现外婆正夹了一筷子菜冲着自己笑呢，我顿时脸红了，众亲戚大笑。

现在才知外婆并不喜欢我。且不说有了我姐，妈又生了一个女孩，按外婆的话那是多余的，她说就叫小多多吧。她对我妈的婚姻本来就不满意，她说不是要离吗，怎么又怀上了？加上到了“文革”，听人讹传是我揭发了我妈和姨妈，这是关乎做人德行的大是大非，可她从没向我本人核实过。她对我的误解，有些我可以解释却再也没机会，有些我永远也解释不了，又何必解释呢？

怪不得送走外婆后，家里按老太太的意愿分发纪念物，美元啊，衣物啊，给我的只是一双棉袜，还是妈偷偷塞给我的。过了几年，妈又开箱拿了一件中式大襟深蓝丝面夹袄给我，我从没试穿过，我知道像外婆那样的瘦小体型，没人能穿得下她的衣服。

关于外婆遗产的去向，多少年在家族里像一个传说，近日才得知实情。20 世纪 40 年代，姨父他们几位进步青年，为了新中国开展地下工作，需要资金支撑。姨妈虽然不清楚政党的意义，但觉得姨父要做的事不会有错，他们需要帮助，她义不容辞。她和外婆商量，表示要拿出外公给她留下的一万元遗产，还要动员妹妹也捐点，反正我妈早表态不要遗产的。没想到外婆并不同意大女儿的办法，她说要捐我来捐，你们都别管。其实为什么要捐，捐给他们做什么，她并不了解。和姨妈一样，外婆就是信任这些年轻人在做大事情，他们做的事对国家肯定有用。

就这样，白花花的四万银圆呐，老太太不带一点犹豫，不皱一下眉头就拱手送给了当时重庆的地下党。这是怎样的大气，怎样的慷慨！

都说好人有好报，按理讲外婆给新中国做过这么大的贡献，新中国成立后应该得到尊重和名誉。可是“文革”中她不仅照样靠边站，还挨批斗，街道革委会命她去扫大街，攻击她是“剥削阶级的臭婆娘”。经历过数次运动的姨父说他早有预感，在运动前就把家提前搬出了东养马营 4 号。言外之意，要是留在那个大杂院里，外婆的遭遇会更惨。

说外婆是资产阶级真是冤枉，她出生在天津底层人家。一纸卖身契将她卖到杨家做小妾，要不是老天眷顾生了我舅舅，完成了杨家有子嗣的大业升为姨太太，指不定她会有怎样的命运。

出身平民的外婆自然有同情心，喜欢帮穷，这也影响了我母亲和我。在我妈的回忆里，外婆和杨家的丫头、仆人相处，从不像黄世仁的妈那样打骂他们，反而在他们有难时能帮一把就帮一把。难怪“文革”中要一位我们叫王姨的老太太揭发外婆如何虐待剥削她的罪行，她只会说老太太待她如何好。

我外公早逝，既是外婆的悲剧，又是外婆可以施展做家长的权威和育儿理家才能的机会。子女上学、留学、请家庭教师、读书、看报、照相、看电影、吃西餐、扯布做衣裳，包括体育锻炼，在20世纪30年代那些深受洋务运动恩宠的天津租界地，杨家这一房三个孩子成长的去向和爱国情怀，外婆都有自己的主张。了不起的是她不但能让这些付之于行动，还让其开花结果，我以为这是老人家对这个世界的最大贡献！

补充一点，外婆送给洋儿媳——我的舅母戴乃迭的贵重首饰，1951年被我舅舅全部捐献，变成了一架战斗机飞赴朝鲜战场。

我，身为外婆的第二个外孙女，她小女儿的老二，是乖孩子，靠自己的努力初步继承了父辈精华，还是一个出生扑朔迷离又呆又笨的叛逆者，但愿老太太在天上心知肚明，并以我为骄傲。

完稿于2015年3月12日，多云的北京

十七岁的雪志

1932 年初春，天津显然来了寒流，一个少年写下一首五言诗《雪》。诗分九段，二十七句，工工整整。

雪，冰凉而洁白，雪片如花瓣，随风从云端飞下，足有“千万亿”，顷刻间让“大地洁无尘”。

我无从知晓那天凝视雪景的少年是处在怎样的环境里，我的想象里，也许是透过杨家中西合璧、极讲究的窗户玻璃，或是干脆一激动跑到了庭院里、大街上。当然，这后者是绝对不允许的，因为这个有严格家规的大家庭，是不会让家族唯一的子嗣单独行动的。

不管怎样，那天的雪，深深触动了少年的心怀！

那少年正是舅舅杨宪益，诗作《雪》写于 17 岁。志向既豪迈又悠远，且看那诗中一些激昂无畏的句子是如何了得：

“妙语本天成，应共天地死。”“又若战士刚，百战了无畏。去恶务尽除，素衷何用慰。碎骨未足忧，岂惧汤鼎沸。”还比如“又若士先觉，为众作先驱。”

小诗人写到第七段又回到对雪的抒怀：“积雪满空庭，皎皎质何洁？安得雪为人，安得人似雪？安得雪长存，终古光不灭？”他立下宏愿：“愿得身化雪，为世掩阴霾。奇思不可践，夙愿自空怀。起视人间世，极目满尘埃。”

82年后，98岁的姨妈特意用这最后一段头两句作为她的一篇纪念长文的标题。从小深知哥哥爱国情怀的她，读了这首被哥哥中学时代的好友廉士聪保留下来的旧诗，仍大为惊讶，她惊呼道：“他要接过救国济民的大任了！”

这该是怎样的壮志胸怀啊，20世纪30年代初的一个雪天里，这个冬天不愿戴帽围围脖的富家少年，这个因“九一八”国难心痛不已的爱国少年，从此读书做人都以他的志向为动力了。此时，他喜欢的魏先生已经离开杨家，这位自号“自宽老人”的私塾先生曾教他读“儒家经典、中国古代作品和学写旧体诗”，让他10岁左右就读了《楚辞》。这个神童对先生教的平仄四声和对对子，“没一两天就懂得了”。先生“发现我已能写得和他一样好了，他非常欣慰”，“他认为我是他教过的学生中最优秀的一个，企盼我有远大的前程”。

而舅舅并不满足于这些夸奖和在两个妹妹面前显露的过人才气。他奉行开卷有益，开始大量涉猎中外课外读物。据他的自传回溯，其书目有古代笔记小说、明清通俗传奇及长篇小说，英文原著有《海底两万里》《金银岛》《三个火枪手》《铁面人》等，其中有的还重读数遍。

在进天津新学书院之后，舅舅常光顾英租界的新式书店，有时还带妹妹们一起去。他谙熟有见地，不但自己选好书，还帮助妹妹们挑选，他会十分肯定地说些诸如“这本不错，那本没意思，不值得买”之类的话，让她们心服口服。跟随他来的还有家里的小男仆，小主人挑好了都是由他们来付账。这些和舅舅差不多大的男孩，看到大把钞票扔到书店，变成一大捆书扛回家，会不会觉得对他们很和善的少爷很傻？

就这样，舅舅通常以每天读一至两部书的速度，阅读了一批大名鼎鼎作家——雪莱、拜伦、济慈、华兹华斯、格雷及罗斯金、哥尔斯密、丁尼生、斯威夫特等的原著，在完成学堂功课之余，源源不断地满足了他渴望了解世界的求知欲。

半个世纪后舅舅写道："我发现，要开列一份当时我阅读过的作品的书单，几乎是不可能的事。"

写到这儿，眼前呈现出像过电影一样的历史画面：杨家因东北事变从日租界搬迁到了法租界。在舅舅的带动下，全家上上下下投入到从言语到行动的抗日热情当中。一张民国地图上的东北被他涂成黑色，他对妹妹们下达不许"时时于假日看电影、吃西餐、喝洋酒"的命令。自己改穿布鞋长衫、练军操并学习绑腿。"抵制日货，不用牙膏，用牙粉。那时的牙膏是日本的，中国还没有。我们家向十九路军捐了钱，有十几块吧，是银圆"。外婆最响应儿子的号召，每日里要大声念报，讲抗战的好消息给丫鬟、仆人听，还带领家眷为前方义勇军将士缝制军衣……

这个从 1919 年没了一家之长、绝少男丁的旧式家庭，丝毫没有因此减少高尚的爱国激情，民族危亡时他们做到"匹夫有责"，大是大非中他们始终保存一股正气。难怪从这里会走出一位成就了大事业的中国良心和非凡奇才——杨宪益！

十六岁的福音

1935 年的一天，天津中西女校国文范绍韩老师照例布置了周记作文，19 位高中一年级女生用毛笔写完，当场交了卷。但这回很特别，范老师要带领大家自编一本集子，选出每个人一年中比较好的作文合集，起名《十九支箭》。

范老师在前言《我的话》里写道："这一篇篇的作品，都是这人生途中一阶段上团结的印痕，有一天你们到了另一个环境，回想起来，你们便永远忘不了这一种'力'，更要继演着这一种'力'！"母亲说范老师的话掷地有声。

母亲的学名叫杨静如，当时年芳 16 岁，正处于青春迷茫时期，会"忽然感到悲观失望"。同班同学，也是高才生的钱伯桐在集子里这样描写她："娇小淑女，性格温柔，态度稳重，是大家闺秀的典范。底有奇才蕴心胸"，然后笔锋一转："遇事不勇，每为退让所。"她要静如"我劝你，振精神，往前冲，锻炼身心，做一个巾帼英雄"。

可如何冲破优越旧家庭金丝笼般的桎梏呢？东北沦陷，如火如荼的"一二·九"爱国运动，母亲却不能和同学们一起参加。初中毕业后想去学画，家里的老人以当画家终会贫病落魄为由不让她去。她非常苦闷，想找人倾吐，最崇拜的哥哥这时已赴英伦，家里再没有可谈心的人，她想到了她所崇拜的写《家》《春》《秋》的作家巴金，巴金先生无疑是她除了哥哥之外，最理想的精神支柱。

不久，巴金真的给这个女中学生回信了！这篇写自79年前的少女作文《新的我》，正是在收到巴金第一封信后写的，并被范老师选进集子里。

仅这一件具有“出土文物价值”的旧事，在今年11月纪念巴金诞生110周年的纪念活动中，无疑是一个不小的响雷。恰逢第11届巴金学术研讨会召开，主题是“巴金和他的理想主义”。

我无从了解巴金的回信里写了些什么，我只是从字里行间强烈感受到母亲在读信后像拨开迷雾见太阳，虽有点冲动和幼稚，但起码她变得快乐起来。她以前看什么都是灰色，现在看到了希望，变得勇敢了，真可谓一篇典型的理想主义的产物！

对这次会议，去还是不去，我们母女俩讨论再三。母亲说那年李伯伯（我从小就这么称呼巴金）走，我们家里人就一个人也没去送，叫你代表去，你那时家里有客人走不开。我说是啊，要不然我后来怎么写了一篇《假如我有翅膀》呢？

作为那篇作文作者的女儿去开会，既荣幸又有压力。我一再问，您到底要不要做个书面发言呢？她望望我，并没做回答。只是在我动身的那天早上，我发现她靠在床上专心致志写东西的样子，像个虔诚的女学生，虽然白发稀疏，背驼得厉害，可那炯炯有神的眼睛，分明依然在《新的我》的道路上跋涉！

近日去看姨妈，98岁的老太太提到当年我妈写作文这件事，还很兴奋，用她仍很足的底气大声背诵这篇作文的头三句：“我觉悟了！我到如今才觉悟！但是，我并不以为晚！”她说这三句把我们都吓了一跳，你想想她（指我妈）那么小，怎么有这么大的劲儿？

那一时期，巴金一共给母亲写了十封信，天津租界沦陷前，外婆叫家庭教师池太太的丈夫池大夫查一下母亲留下的两大箱东西里有没有“违禁品”。池大夫认为巴金的书和编的刊物没什么，倒是那些信件有危险，于是一把火全部烧掉，连同巴金三哥李尧林和母亲通的四十封信。

母亲珍藏《十九支箭》很久，却难逃在“文革”中化为灰烬的厄运。她只记得集子封面是绿色的，前三页是师长的像，是大家用凑的两元五角钱印的。20世纪80年代她意外地收到一位老同学留存的集子复印件，让她惊喜万分，思绪飞回天津的往事，其中自然有国文班刊问世。三年后，她开始和巴金的三哥李尧林交往，留下一段梦幻般的记忆。

1938年7月7日深夜，几位被母亲称为“翡翠年华”的高中女生不甘当亡国奴，结伴离开了天津。充盈着学术自由空气的西南联大在召唤她。

我在巴金研讨会上发言最后说：“从此，一颗理想的种子在我妈，也是年轻的小杨静如心里种下了。”

每个人都有一次“新的我”，或早或迟，新的我就是觉醒时刻的到来。有的人觉醒了就洗心革面，有的人一辈子浑浑噩噩。母亲和巴金通信长达半个世纪，她以先生信中鼓励她的话“相信未来，未来是美丽的!”为一生的座右铭。我又何尝不在巴金题写的“赵蘅同志，奋勇前进!”的鞭策中坚持着自己的理想？

当年同班的“十九支箭”，今天健在的还有我的母亲和吴华英阿姨两位。

初稿于2014年12月4日北京寒天
修改于同年12月8日夜

悠悠往事过香港

一

在大陆长大的我，对香港情有独钟，缘由最先拷自父辈的经历。

那些发生在远远近近的，听来的，经过的情景，此刻就像一幅幅画都一一浮现出来。

请先随我回到1938年。这年的夏天，后来做了我母亲的18岁的杨小姐，到了香港，逗留了十天，住在铜锣湾一带。母亲说她那时胆子大，每天一个人出去瞎转，一点儿也不害怕，乘的是双层叮当响的电车。从小衣食无忧的母亲极富同情心，至今还保留着香港贫富悬殊大的印象，她并没细讲，只是提到“棚户区”一词儿，想必那是破烂和肮脏的代称。

正值战乱，母亲背井离乡从天津跑到香港，并非真有闲情逸致。民族危亡旦夕，母亲被保送南开大学，但她没有去上，写的一首小诗《失去爸爸的孩子》被视为抗日诗上了黑名单，虽然家住租界，但也难逃日本兵的搜查。留学英伦的舅舅写信给我外婆，认为鉴于他的小妹的性格不宜留在沦陷的天津，让外婆放她走，去昆明西南联大。外婆听从了舅舅的话。就这样，一艘英国太古轮船公司云南号将母亲和几个少女载出塘沽港，在海上漂流了7天才抵达香港。

然而她不会想到，5个月前，一个姓赵的温州青年也路过此地，日后会走入她的生活。

写到这儿，香港往事的画面里多了一个清秀的戴眼镜男生的身影，他便是后来做了我父亲的赵瑞蕻。1938年2月，国立长沙临时大学的师生们从即将沦陷的长沙城撤出，国立长沙临时大学是由清华、北大、南开三所北方名校组成，父亲是从山东大学闻讯赶去注册插班的。师生们曾在南岳山聚集，坚持了80天，直到战火逼近，再度奉命西迁。父亲在回忆文章里这样描写："穿着乱七八糟的衣裳，带着铺盖卷儿和一些书本讲义、笔记本。衣襟上仍染着旅途上的尘泥……""从广州沙面乘电船渡过珠江上岸"。在岭南大学里，"用稻草铺在冰冷的水泥上"，"席地而坐、而卧，仍然坚持着看书学习，或引吭高唱抗日救亡歌曲……"

父亲继续写道："船到香港是清早，天蒙蒙亮，飘着细雨。我在船舷甲板上只见维多利亚港南岸是一片灰溜溜的楼房，有三四层高；每个窗口和阳台都挂满了各种破旧的衣物，迎着冷风飘荡……岸边尽是一只只木船、驳船、小舢船；那些船上住着一户户人家。"

父亲是个书迷，曾在香港走进几家书店，见到许多外国文学名著原版自然眼馋，"但是我们穷学生哪里买得起？"

和父亲一样，母亲离港后，也绕道越南海防，于8月到达昆明。

同样是抗战最艰苦的1940年，刚从牛津毕业的宪益舅舅决意回国了。他的理由再简单不过：在祖国危难之时不归，他不会原谅自己。舅舅带着年轻的英国未婚妻先绕道加拿大，遭遇过日本军舰的盘查。为了去重庆找我外婆，舅舅他们也不得不转道香港。此时他几乎身无分文，只得向在中国银行工作的亲戚借款，还卖掉了许多心爱的藏书。

时过境迁，三位长辈回忆香港的感受都不同。有趣的是，母亲显得轻松，可以说出好多好玩的见闻。而父亲却长期有种屈辱感。他在晚年几次给学生讲课，都会不时提到在外国殖民统治下的压抑心情。有一次我也去听课，父亲说他见过在香港街上缠着红头巾的印度巡捕、骑马巡逻的英国大兵，和上海的十里洋场一样。他特别形容恒生银行门口的两只石狮子像张开血盆大口，还用手比画着，惹得在场学生都哄堂大笑。父亲比谁都盼望香港回归，终于在他生命最后的两年前见到了那庄严的一刻。

而我很少听舅舅聊起香港。1982 年他荣获香港中文大学荣誉博士，一回来博士袍就送了人。在他看来，什么荣辱都司空见惯了。我去巴黎前，他担心我旅费不够，把自己剩下的八千港币全都塞给了我。

20 世纪 80 年代，父亲应香港中文大学英文系和比较文学研究中心之邀，曾四次赴港。重返跨越近半个世纪的故地，特别是十年浩劫后的大陆和自由之港的强烈反差，令他慨叹不已。父亲喜欢在家书里细致描述见闻，赞扬之余，又忍不住要对“花花绿绿”的世界心存恐惧，托他带回一架相机过海关都紧张得不得了。父亲第一次从香港归来，我妈和我们姐弟约好到上海接他，那是趟夜车，月台的灯光下，激动的父亲满面红光。第二天我们一起去给巴金祝寿，香港朋友捎来的大红烛点亮了客厅，电视里陈阿姨（肖珊）生前的笑容让老寿星久久凝视。

父亲的香港之行，也给我家带来一股新鲜的文学春风。此后，香港的报纸杂志源源不断地寄来，除了双亲，连我也算上，成了香港各报刊，特别是《香港文学》和《大公报》的热心笔者。父亲的一百余首随想诗作、母亲的长篇散文《坚强的人》至今仍有影响。我写的小说《洋画片》（《香港文学》34期），《谁是胜利者》（《星岛报》1991年1月10日），还有油画《桥头》，曾作为香港中国油画展的代表作品刊登在大公报上，它们永远是我创作佳绩的记录。

二

1983年，终于轮到我有了亲近香港的机会！

那年我随单位电影摄制组南下拍动物检疫片，当时的深圳仅有几条窄马路，竖立的广告牌上绘有蓝图，预示着这座改革前沿城市的未来。拍片之余，曾到沙头角购物，沙头角与香港仅一街之遥，我们却不能逾越半步。多年物质匮乏，见到免税商品近乎疯狂，尤其是我，儿时“留洋”过，见到久违了的呢大衣、“布拉吉”，格外兴奋。本欲给摄影师丈夫买个变焦镜头，不幸被海关人员发现给严厉阻止了。

在文锦渡火车站，我能远眺到英国的米字旗在香港境内高高飘扬；在笋岗车站，我诧异从那边来探亲的港客们的“奇装异服”；一节节载着猪啊羊啊的货车从内地开来，经过检疫站驶往香港。押车的山东师傅大汗淋淋地跳下车找水，他告诉我，带来的馍都馊了，只好就着水干啃。国界线上，通往香港的公路口岸正严格盘查中。忽然，从香港那头开来的一辆带篷的黑色警车停了下来，跳下来几个身着英式警服、荷枪实弹的士兵，我方警员立刻迎上，双方办了移交手续。海关人员说，这是逃港的人被遣返回来，每天不止一批。

可是大批港台片流通到内地，在当时已不可阻挡。从此《情义无价》《霍元甲》的主题曲和《我的中国心》传遍大江南北。我家和影视圈有点关联，我丈夫拍摄的电影《生死拍档》杀青之前，曾去香港补夜景。这位摄影师素来不修边幅，一次一人夜间外出，他和当地出租车司机因互误对方是歹徒而闹出了笑话，后来此事还登了报呢。现在想来，八成是港片里渲染的黑社会打劫斗殴的情节作祟，让我们这些内地人心里发毛。

我母亲有位娘家叔叔早年在香港影视业闯荡，拍过《少林小子》。20 世纪 80 年代，他们夫妇到北京探亲，我们第一次见面，他讲起白手起家的创业史，真是不易。我领他参观了我所在的电影厂，他感叹内地的设备器材虽好，却因种种制约造成浪费。

又过了差不多 10 年，直到 1994 年，我才有幸应同福画廊吴艳梅女士之邀，飞到深圳，跨越罗湖，闻到了维多利亚海湾的潮湿气息！在大会堂举办的《现实与缥缈》画展里，我是唯一的大陆油画家。临行前父亲千嘱咐万叮咛，还为我准备了一份长长的前辈朋友名单。那次赴港是我平生第一次坐飞机，与失散多年的少年朋友陶金公子陶令昌重逢，是此行又一收获。陶家曾在历次运动中遭遇不测，无奈下，令昌只身跑到香港谋生，他曾在李翰祥导演的《火烧圆明园》等影片里配过音。幸亏我父亲先在香港找到他，让我们恢复了通信。

画展开幕那天，令昌为我拍了全程录像。从海上轮渡靠岸，到进展厅“环扫”我的 20 幅油画，直到宾客散去，几件作品成交，夕阳沉入海底，璀璨的灯火映亮了这座不夜城。

那次香港行，因为要守展和会友，我放弃了旅行团安排的许多观景活动，只坐了一次缆车，落地后还去看了海豚表演。母亲当年也坐过缆车，她说她当时吓得不敢睁眼，她问我：“你睁眼了吗？”我说：“当然，要不怎么能看到郁郁葱葱的山峦？”

初到香港没丢一分钱，也没去搭乘叮叮当的电车。我出门多半是坐令昌的摩托车，他告诉我在香港开车不好停车，骑摩托车就方便得多。他载着我穿过长长的隧道，疾驶在来回九龙的高速路上。一天我们挨了罚款，当警察向我们行礼的那一刻，我不由自主地掏出了北京身份证，当然毫无意义。说实在我那时不大习惯警察这么礼貌，大陆对开车年龄尚未开禁，我还不会开车。我在香港看到七旬老先生还能自如地驾车，画廊吴老板把车从大厦楼顶的停车场开进开出，我觉得奇妙极了！

临走前我逛了女人街，在母亲和姐姐的嘱托下买了胸针、手袋、洋娃娃等小商品。我还收到令昌和朋友们送的很多礼物，带回的大小行李有七件。家人对我首次赴港很重视，那年母亲已七旬开外，还和儿媳亲自到机场去接我。

香港回归那年，北京女画家和香港女画家一起在北京举办了联展，由我撰稿，题目是“我们第一个做成了京港女画家展”。两年后我报了名去香港联展，不料小年夜的凌晨，传来父亲病逝的噩耗，伤痛盖过了香港。

三

时光跨过了新世纪，2003 年我因赴印度观光在香港转机，终于有了再到香港的机会。动身前，我拨通了令昌的电话。再次通话时，我已经从恒生银行换了港币，回到香港机场了。我不顾旅伴的劝阻执意留在香港，事后才懂那是一场多么冒险的经历！

其实在印度返程航线上，我已看见外国旅客戴口罩，但当时只是感到莫名其妙。住在重灾区的令昌兄对众人的恐惧却不以为然，他俏皮地说，我戴口罩，怎么教普通话？也怪，久违了的香港，地铁里、街市上依然熙熙攘攘。只是隔几步就有卖口罩的摊位，价格不一。令昌给我买了一只，我戴着港式口罩随他去吃粤味小吃。

第二次来香港，九年一别，却不敢多停留。报摊上层层叠叠，头版上一律用大字号，极为醒目地刊出有关“非典”灾情的惊人消息，足以证明此地疫情的严峻。我把自己一人关在小旅馆里，连按电梯号键都避免用手指，只住了一夜，便逃离了。那年直达火车已开通，我回到北京，以为回到安全的港湾，不久便知好景不长。我仍惦记着香港，不让自己错过任何有关信息。一天，我在电视里看到香港一位护士为抢救病人献出生命的报道，香港居民每人手持心仪卡排队吊唁的场面，令我落泪。4 月 1 日，张国荣别世，我的心又一次为香港牵动。

2007 年深秋，我随庆香港回归 10 周年中国老艺术家画展，第三次来到了香港。从北京微寒的初冬，抵达夏末般的海湾，参展画家在金灿灿的紫荆花旁和海岸线上拍照留影，强烈的阳光，我睁不开眼，任海风吹散发辫，那一刻，我心旷神怡！

这趟香港之行我仍不能四处观光，诸事安排，日程很紧。为节约时间，我全靠打车，沿着海湾行，自然车价不菲。头一回坐香港出租车，感到挺新鲜，驾驶位属英制设在右侧，香港司机又不像北京司机好侃山，开车时，不是缄默，便是用手机耳塞一个劲儿通话听从调度指挥。反正我听不懂，正好一面观景一面偷偷察言观色。一次，我忍不住为邻座的男人匆匆勾了一张画像。

再说，在香港打车不那么简单，先要找到上车指定地点，懂得排队规矩。我多半是由宾馆的服务生送去，哪怕需要他陪走一段路。出租车队整齐地候在路边，让你不得不乖乖地先来后到。当车开到跟前，那带路的服务生便会立刻帮我打开车门让我入座，他再关上门，恭敬地站在车外等车启动。后来我发现在香港不仅服务生是这样，连我去拜访的当地先生和朋友也都恪守此礼节。

彬彬有礼在香港居民身上已成习惯，我想这是百年修炼出来的。我新近认识的许月白夫妇，就是很典型的绅士家庭。初识这位瘦弱文雅的女艺术家，她系一身浅色衣裙，气质不凡，犹如梦中画，亦幻亦真。那天她请我和我的同学吃饭，在座的还有马来西亚著名画家杨浉麟、源子玲夫妇全家。餐厅高级，菜肴丰盛。席间，许月白的丈夫廖先生领我们去参观艺术藏品。墙上大大小小的油画，包括楼梯口、转弯处和壁炉上方的画几乎都来自大陆。灯影里，各色人种在饮酒谈天，俯瞰窗外满城灯影闪烁，车流如舞动的彩龙。

廖先生明显受过英式教育和严格的家教，和善谦恭，对太太的艺术事业很支持，以太太为谈话中心，自己始终低调，堪称模范丈夫。画展开幕那天，他不仅礼貌地一幅一幅观看我们的画，还主动帮我们分别和自己的作品拍照。不过他们夫妇来得很迟，是否有意避开冗长的内地式的仪式，我不得而知。临别时，许月白表示想到北京开画展。一年后，她的愿望实现了。

在香港我还应约拜访了明报出版社总编辑潘耀明先生。他干练明达，助手们客气谦恭，难怪《明报》扬名海外，经久不衰。百忙中他尽地主之谊，请我在粤餐馆吃饭，还送我一本刚出版的《杨宪益传》，这是他最关心的内地老人。

当日下午，德娟师的女儿毕宛婴约我喝下午茶。德娟师和毕克官先生刚从北京来，一起聚的还有宛婴的女友。我和她第一次见面，前几年她因喜欢我写的书，由宛婴代我将书送过给她。她带给我一本简·奥斯丁的纪念小册，谈起欧洲喜形于色。宛婴她们现在都有中文师资，看来回归后的香港更需要中文师资。难怪再见到令昌，他已经是负责编写教材的教研室主任了。他说在香港没有退休一说，似乎是要干到生命最后。负责我们团队的香港导游阿真在说笑中，也不时透露此意。他们是对终生辛苦的无奈，还是一种干到老的得意和自信，我看皆有之。

《城市文艺》的主编梅子先生亲自送杂志到我下榻的酒店，是此行令我最感动的事，他那独当一面、事必躬亲的作风令人肃敬。离港时，他还打电话来约我写稿，在他的一再鼓励下，我才能写下长文，开启了埋藏已久的对香港的全部情愫。

我还想告诉读者，我们几个女画家忙中偷闲，还在香港看了晚场的足版电影《色戒》。让我的思绪又回到双亲的抗战岁月……

银幕内外，时代更迭，遐想无限……

写毕于2009年北京初夏

送给天上父亲的礼物

《离乱弦歌忆旧游》是父亲生前最后一本书，再版时正值他老人家去世9周年。原书长达35万字，首版的责任编辑徐坚忠做事极为细致，也很耐心，因为这年逾八旬的作者老写不完，文章添了又添。奇怪的是老少二人从未见过面，来往书信却有一大沓。直到有一天，年轻的编辑从上海赶到南京时，已成诀别。

1999年大年三十的凌晨，我在北京被小弟赵苏的电话铃声惊醒，我不能相信10个小时前还和我在电话里聊天，叮嘱我好好写作的父亲，就这么快被病魔夺走了！父亲在乎过年，在乎跨越新世纪，在乎看到香港、澳门回归祖国。并不迷信的他，甚至要老天保佑他多活几年，好让他再完成6本书。遗憾的是，他都没能如愿，他没等到最后一部呕心沥血之作出版，有人说他是活活写死的！

我给父亲的书写后记，这是母亲的主意。父亲走后，她说“你父亲的事都有你来管”，莫大的信任之外又带来了压力。这压力主要来自父亲这一代人所经历过的历史，虽沉甸甸的却已远离今天的社会，属于即将或者已经被许多国民遗忘了的领域。我很想去追回，去挽救，只感到力不从心了。

感谢湖北人民出版社和刘硕良先生的眼光和厚爱，在市场化严重倾斜的大环境里，还对中国老一代知识分子报以敬重之情。特别是责任编辑吴超，他提出西南联大 70 周年，要给西南联大毕业的学者们重新出书，他如此年轻，能为此类书的出版如此热心，令我感动。

12 月 13 日上午，吴超捧来半尺高的书稿，命我 4 天内全部校好并写完后记。“今天是南京大屠杀 70 周年纪念日！”我脱口而出。

我看了整整两天，忘情地流着泪，跟着父亲又回到 70 年前民族危亡的关头，每个中国青年都面临着生死和命运的残酷抉择。原来想用过去写的纪念文章充当这篇后记，才发现它们远远不能表达这本著作的意义，以及带给我内心巨大的震撼。

原来，在那么多年的日子里，已逾古稀之年的父亲一直在默默地回忆并书写着这部他所亲历过的西南联大的历史。反复写，不厌其烦地写，趴在书桌上奋笔疾书，写啊，写啊，他的白发长年辉映在那盏橙罩绿柱的台灯光晕下。曾经是我们姐弟司空见惯的父亲背脊上的汗粒，被江南的湿冷冻裂了的手指，竟是这些用心血浇灌出的文字的代价！

我痛悔没能在他生前常去看他，多帮他一把。早点学会电脑，给他打打字，哪怕扇扇扇子，递上一杯热茶。而不是让他用客气的口吻说：“小妹，麻烦你，水开了，去灌暖瓶。”

此刻，我仿佛看见一个 22 岁面容清秀的温州青年，从家乡投奔到湖南南岳山。在战火逼近之时，又随国立长沙临时大学师生西迁春城，开始了“五千年历史上空前的知识分子大迁移”。300 人徒步 3500 多里登上云贵高原，父亲他们走的是车路和水路。

我仿佛还听见雨打铁皮屋顶发出的叮叮咚咚，秋风吹破纸糊窗户的声响。昆明联大教室里座无虚席，外文系才俊们正跟着教授大声念惠特曼的《草叶集》，也许是莎翁的十四行诗，或是但丁尼生的诗句。其中一个极用功的姓赵的男生，如饥似渴地学了英文、法文和意文。大家都爱叫他“年轻的诗人”。一边是敌人的狂轰滥炸，一边是在“抗战必胜”的信念激励下，写诗、翻译、做数学题，同学之间不分彼此，可以为学术争得面红耳赤。以“刚毅坚卓”（西南联大校训）的精神，“从1937年8月至1946年7月，共计8年11个月，以学年计算正好9个学年”。就这样，中国文化精英的火种，从“联大人”的手中传递着、燃烧着，并保存下来。史实证明，当年北方学府的迁徙和故宫国宝得以安全转移的奇迹，是靠百万将士的浴血奋战换来的！

我尚无法查证西南联大的学子健在的还有几位，单是“南湖诗社”转成“高原文艺社”的成员，恐怕只剩下我母亲和周定一老先生了。前两年去拜访他，他还精神矍铄地谈起西南联大，他和我父亲手里都各自保存着一张“南湖诗社”的老照片，同样在照片背后仔细写上同窗诗友的名字。90岁高龄的老人辨认昔日一张张年轻面孔，我能懂，那是他一生中最幸福的时光！可悲的是，在后来的“文革”等政治劫难中，一批西南联大的学者遭遇摧残，其中有吴宓先生和梁宗岱先生。“南湖诗社”的旷世奇才、著名诗人穆旦，蒙冤去世时还不到58岁。

原“冬青诗社”的杜运燮和罗寄一（江瑞熙）也先后作古，在杜运燮参与编选的《西南联大现代诗抄》中他写道：“如果有人问我，像一些记者最爱提的那个问题：你一生印象最深、最有意义的经历是什么？我会随口用四个字回答：西南联大。我想，其他许多‘联大人’也会这样认为的。”

父亲的《离乱弦歌忆旧游》告诉了读者这是为什么！

而我们姐弟仨也从小听惯了“西南联大”四个字，有幸受到西南联大继承下来的“爱的教育”。今天比任何时候更为自己的双亲曾经是西南联大的学生而感到自豪，正因为这两个“爱书之人”走到了一起，才会有我们亲亲爱爱的一家人。我深信我们的孩子们，也永远不会忘记爷爷、奶奶、外公、外婆的这份光荣！

“爱的教育”，最重要的是一个人要学会感恩。没有哪一个学生，能像父亲对自己的老师这样知恩！暮年之际，在他的许多篇文章里，详细地回述了他从小学到中学，再到大学，每位老师教过什么，是用哪本教材，选过哪一名篇，甚至这些老师上课时的谈吐、手势和神情，他都记得真真切切。他用诗人特有的敏感，画一般的视觉，带领我们回到蒙自、昆明、柏溪，展现出那些战乱中竟能存活下来的鸟语花香并洋溢着青春自由气息的“世外桃源”。瞧！繁忙的梅贻琦“穿着深灰色的长袍走来走去”，叶公超“衔着烟斗”“爱穿米色风衣”，“胖胖的”柳无忌“神采奕奕”，瘦长的英国现代诗人威廉·燕卜荪的“蓝灰色的眸子”和“红通通的高鼻子”，而闻一多的“炯炯目光”，沈从文的“和蔼笑容”，“笑眯眯”的吴宓“有时幽默”，冯至“身材魁梧”“声音洪亮”，钱钟书“完全用英文讲课”“滔滔不绝”……

谁想要了解这些极有学问的名师们在抗战时期真实的模样儿，那就请到我父亲的书里去看吧！

父亲走了9个年头。一定早在天那边见到了奠定他人生理想和东西方优秀文化启蒙的先生们，包括中学老师陈逸人、王季思和夏天翼先生。也许，他还见到被他翻译过著作的洋作家，比如梅里美、弥尔顿、马雅可夫斯基……当然，他更有可能回到20世纪40年代，去和斯丹达尔对话，关于索雷尔·于连。

我们姐弟仨多希望父亲“可爱的书桌”上的书本和稿纸永远摊开着，让它们的主人继续伏案工作，像以往的每一天那样。他所钟爱的书籍、藏书票、石榴树、杜鹃花，以及所有美的景致，都等着重新回到诗人的视线里。

2007 年 12 月岁末于寒冷的北京
2015 年 5 月修改

父亲手稿的意外发现

为什么每次面对父亲的手稿，我都会泪水涨满眼眶？

这次还添了一份感动，这是为两位小友——安璐和华丽。

2014 年 7 月 3 日，一场抢救文化遗产，不亚于惊心动魄的行动在房山窦店水墨林溪小区悄悄进行着。

这些年陆陆续续从南京运来的父亲的材料几乎堆满一房间，几次想去整理，也发过毒誓要开始动手，但终因一个人精力有限而无法兑现。

像是天上飞来的福音，2013 年秋天，我家来了一位年轻的编辑安璐，她快人快语，认识久了，我向她吐露了自己的困惑，她悟性很高，马上意识到这件事的意义。便在百忙之余抽时间要陪我去看一个究竟。

50 公里路程，安璐怕我累便主动驾车，以 100 码的速度向京城南部开去。那天天气异常炎热，居所没有空调，我们先去超市买来电扇架起。除了安璐，还有华丽，这两个能干的小友还勤快地把地板好好地拖了一遍。靠墙的长桌，我们仨各坐一边，她们俩年轻有力气，拆开那些堆满半间屋的纸箱，每捧出一摞搬上桌，由我来判断内容，一起分析，然后归类，装进封套，华丽在封套外再写上说明文字，一一码好。如此流水作业，箱里渐渐空了，桌上的文件包越堆越高。

爸爸遗留下的材料异常丰厚，涉猎诸多领域。有诗歌、散文、翻译、文学评论、讲学笔记和不算多的日记。爸爸爱写信，写了一辈子的信，他写信的对象很广，老师、同乡、朋友、学生、读者、家人，像他和师长沈从文、钱钟书、冯至及萧乾先生的通信，冯至的女儿整理她爸的东西时还发现了几封也寄给了我。家书是我家的一大财富，20 世纪 50 年代爸爸有四年在国外教书的经历，他和我们姐弟仨的早期通信，在他生前两年已经移交给我们了。爸爸直到临终前还在写信，一星期前是写给我的，信中表扬了我，鼓励我继续写作下去。三天前是写给我三姑妈的，他早年求学时受到姑妈、姑父的帮助，他的感恩我理解。一天前是写给小弟的儿子、我的侄子旸旸的，孙子出国 8 年未归，他好想啊。爸爸写信和妈不同，他的信充满激情和学问，我笑说他是报喜不报忧，足可谓正能量。我确信爸爸大量珍贵手书淹没在这箱底，清整工作远没开始，我已感到繁重和压力。

最让我难堪头疼的是爸爸的译稿，那是必须具有外语能力，还不是一般的水平可以看懂的啊！法语的《红与黑》、俄语的《土库曼的春天》、英文的《帕尔曼修道院》……我们三个女人，安璐是 70 后的大学生，比我和华丽强些，可她能读外国名著原版吗？

爸爸还藏有大量的纪念物：墨迹、请柬、书笺、便条、明信片、学生论文的批注、带眉批的报告讲义，甚至还有出席文代会（即中华全国文学艺术工作者代表大会）的代表证、公园门票、戏票、车票和地图。爸爸喜欢摄影，留下的黑白底片，135 的、120 的，国外照的、国内拍的，数也数不清。特别是经他拍摄的我们小时候那些可爱的样貌，将我带回那一去不复返的幸福童年！

爸爸真是什么都留啊，夹在书本子里的，装进信封里的，一捆又一捆，密密麻麻，记录着多少往事烟云，他一定期待我为他一一保存下去！虽已运到北方许久，仍能闻到南方带来的霉味里夹杂着北方的尘土味！

这个酷热难当的盛夏，从上午到下午，我们齐心合力一共粗略清整出 29 包爸爸的文学档案，也就是 29 个类别。一位在世 83 年的老人存留下来的几乎全部纸质物的整理工作，毕竟已经开启！

写到这，我不禁鼻子又酸了……

写于 2015 年 3 月 13 日，北京似晴似云的日子

次日修改

母亲旧诗归还记

事因起于前年，一次电话里妈说，“你能不能和李斧一起，去邵燕祥家取回我的诗”。我说“没问题，但是你自己要先写封信或者打个电话打一下招呼，我们才好去拿”。

此事又说了多次，不是我忙，就是李斧在美国，一拖几年。

今年妈又提及。终于在一天妈和谢文秀老师的电话里，又说了这件事。没想到的是，谢老师很快回话说，邵老师认为当年是母亲亲自交给他保管，现在也该由他亲自送回并当面移交给她。于是不久后的一天，谢老师来电话说他们已买好车票，要在 8 月 2 号专程来南京。

2013 年 8 月 2 日早上七点半，我接到谢老师电话，他们已到小区门口。我赶紧说我去接你们，谁知谢邵二人已经站在小院铁门外了。

我去开铁门迎进贵客，邵老师说“你的头发也白了”。只见邵老师拖一拉杆小箱，箱色乌秃秃的，谢老师背着两个不算小的提包，我要帮拿那个显得重一点的，她不让。我说：“不是七点半动身吗?”谢老师说：“是七点半到八点之间到。”我说：“妈为你们要来打了好多电话，她有压力，过意不去，叫我来帮忙，否则她招架不住。”谢老师说："你专门为这事来的？真不好意思。"

这时妈已走出来，能与老朋友见面，老太太今天的精神比前几天好很多。主客都大笑着说话，邵老师坐到高背椅上，谢老师让她坐妈的藤椅，她不愿，要坐到书桌前也是高背椅上。谢老师不让开空调，说空调不好，妈说这里是 28 度，谢老师也不让开。我就递给邵老师一把扇子，又打开电风扇，问行吗，他们说行。谢老师叫我别站着，也坐下。

邵老师戴上了助听器。妈掏出书桌上准备好的礼物，先是给邵老师写的信，递给了他。妈说："昨天找到的，小妹看了几遍说太珍贵了。"我说："就在你的书堆里，我太惊讶了，邵老师写了这么多书！"母亲说这封信夹在最后一本书里。邵老师接过来看了是他写于 1989 年的信，有种想起来的表情。我又说还有邵老师给我爸的信，是对他的诗的评论，非常好。妈说："邵老师那时称他赵公，现在送书称我是老太，太好了。"邵老师也笑了。

接着，妈将包好的一个手指大小的礼物递给谢老师："你们是金婚了吧？"谢老师说："54 年了，1957 年结婚的。"我问家里一起纪念过了吧，谢老师说："孩子们给过的，一起吃的饭。"谢老师问礼物是娃娃吧，我说娃娃礼物在后面，你先看这个。谢老师打开小包，是一只精致的白瓷铃铛，妈叫她看画有玫瑰花的铃铛上印有"50 年"字样。我接着递上俄罗斯娃娃，谢老师说娃娃的礼物就不要了，我说给你的女儿吧。我给邵老师的一包材料里：一是舅舅的自传被删掉的章节，译者薛鸿时也很想有一天能恢复出版。一张画是傅靖生画的《哥俩好》，邵老师没听清，谢老师再重复一遍说是傅靖生画的。第三件是我刚发表的文章，写舅舅骨灰撒在小金丝胡同和种纪念树的那些事。邵老师说不用我的纸口袋，他备有文件袋。

谢老师也拿出带来的两包蘑菇，我说蘑菇好，交给妈的生活助理小陈放到厨房去。交换完礼物后，邵老师这时才拿出一个塑料包，笑说：“咱们先说正题吧。”他先递上清单，两页纸，妈一份，我一份。谢老师说这是她打的，清单上写着母亲所有旧诗的目录。

塑料包里第一包是个黑色笔记本，邵老师念上面年号，1938 年。我说妈当时是 19 岁。邵老师对妈说里面还有两张小纸条。他说数了数，80 首，加上零散的，有 100 多首。母亲很惊讶。我说够编本诗集了。

第二包是一本印花的笔记本。

第三包是 M 的信。邵老师说这些信很重要。

第四包是 M 的长诗《父与女》，是巫宁坤推荐的。邵老师说现在看也没什么，可以发表。

妈说起她当时怎么东藏西躲这些信，藏过江瑞熙那，还藏过包忠文家。我忙解释说父亲烧照片是出于恐惧。1998 年秋天，我在南京曾对父亲说，“爸，你就写一篇忏悔文章，写自己烧妈的相片如何不应该，免得她老怨恨你”。父亲说会写的，可他没来得及写就走了。

妈还说起那年杨炽结婚，“大家在吃饭，江瑞熙来了，找我哥，说 M 猝死。请我哥帮助出版他的东西，我姐也认为应该帮忙”。

邵老师移交清点完毕后请妈签字，又让我签，我写了：赵蘅见证。

我告诉邵老师舅舅的诗稿是否捐献给图书馆的事，问他“是您让邹霆把诗稿转我保管吧？”他点头。他问除了诗还有别的没？我说有啊，还有文稿，有《我的“文革”十年》《我的学英文经历》《悼念梁实秋》等。可邹霆突然走了，现在他儿子是继承人，他说留在他那没意义，要移交给我，他的母亲老了身体不好，需要的是经济补贴。

邵老师随即表态，态度坚决，千万别捐，到时会像对巴老那样，论斤吆。留在自己家最好，实在留不住到拍卖行拍卖，让他们到拍卖行去花钱买。

聊完正题，我说邵老师的身体比我想象中要好得多。谢老师给邵老师重述了一遍。

妈说几年前要写七老八十的人。邵老师问妈，“你周围没有八十岁以上的朋友了吧?”妈说，都是小友。他自己笑了。

谈到邵老师的心脏手术，谢老师说她都没去，孩子们也没让去，说到时是顾爸还是顾妈。我说看过邵老师的文章，登在《北京青年报》的作家专栏。妈也说看了才知道很严重。

我指指靠墙的书柜里一张北京文化人聚会的照片说：“看那时你们多年轻!”大家站起来看照片，邵老师说当时罗孚病了。我问照片里一个年轻人是谁，邵老师说这是罗孚的女婿。

妈又带他们看沙发旁挂的镜框，丁聪为舅舅生日画的画和大家的签名。还有鄂力，邵说。妈叫两位老师看画上自己的签名。妈说原来是卷轴，后来改成这样，又讲起在小金丝胡同发现它之后的事。

谢老师说他们坐到九点走。我说一起吃饺子吧，他们说不用，原来他们是搭中午的回程车。谢老师说我们坐地铁，然后在地下活动，吃麦当劳，再上车，很快就到家了。妈执意要我送他们到地铁站，谢老师非不让，一再说没问题。邵老师对我笑说：“我们二人要单独走走南京西路，不要第三者。”我马上会意地笑说：“明白，我不当电灯泡!”

送他们走出院门，妈非要站在铁门旁看我们走。三人往外走，我老回头，不放心母亲一个人在家。我小声对谢老师说：“你们要再来啊，不然我妈会认为这是最后一面。”走出 10 米，邵老师问我多大了，我说 68 了，他们说不像。

走到又一片绿树丛，我止步了，目送他们俩相依的背影向东门隐去。回头看，妈还站在原位。

2013 年 8 月 2 日当日追记

三棵树

一连两个年头，我见证了三棵树。

一棵是2012年3月种的，种在北京小金丝胡同6号园里，树名叫香花槐。

一棵是同年的4月种的，种在英伦牛津大学莫顿学院校园里，准确说是两棵，树名叫樱桃。

这第三棵是我在南京天山路39号找到的，那是原国立编译馆的旧址，这里虽然早就变成一家军工厂了，但是院子里那棵依傍主楼的大雪松尚在，其寿命无法计量，该有百余年了吧。

对树的喜爱源于对神奇大自然的迷恋。也许是儿时模糊的记忆里有在清明节生日那天栽柳树的情景。到老了，每每外出，总喜欢仰面去看高高的映在天空里的树冠和那些横七竖八的枝杈，即便被投射来的太阳光刺得晃眼。看，人家树总是处在缄默的状态，任凭人再怎么折腾，把这世界搅得天翻地覆，这一棵棵挺拔屹立的树却“我自岿然不动”。

树的情怀延伸到现实，父辈中又有喜爱花花草草的父亲，喜欢侍弄花园的洋舅母，我乐意将这万物生长之尤物，赋予像人格一样的精神。

香花槐原产于西班牙，落叶乔木，属蝶形花科。刚栽时，细长得像麻秆儿，风一吹便歪歪倒倒，非得拴绳系上加以固定。查了资料，得知这树种能长到10米至12米呢。那叶片呈羽状，一枝茎上能长出多达19片。表妹说它会开很多花，我都不能想象，第三年见到了那满树的玫瑰色花朵才相信。

我不愿深想这香花槐树下是老人入土为安的归宿，却又多少有种安慰的心态，起码还知道他在哪，有个念想。每到春天，总会有寄托的地方，看那么些花花朵朵，多美好啊，即使老人不能从土里探出头看看这因他而盛开的美景。

我从不信鬼神，可偏偏喜欢舅舅的一首诗："成鬼容易成佛少/做诗容易做人难。"如今写诗的人"逝者如斯"，我母亲好说"魂兮归来"，姨妈说还归什么，让他（她的哥哥）安心在那边吧。

在我去牛津参加栽树活动后，一些朋友也到了英国，他们预先不知牛津莫顿学院校园里有这两棵樱桃树，回国后都后悔莫及。三年过去了，这称作蔷薇科的落叶小乔木长高、长壮实了吧，那些椭圆形带锯齿的叶片也该配得上用枝繁叶茂来形容了吧，三年里会有多少学子们在树下的铜牌前驻足徜徉！

三年里，那天栽树的人们各奔东西，难得再见，其中一位九十开外的老人，我敬重的苏立文老先生不幸故去，享年96岁。我们原先约好第二年在北京中国美术馆见的，那是他的一个大型回顾展，致力一生的中国美术研究成果将在此展现。可惜后来联系困难，老人家被人事包围，又去了上海、台湾，他一定是累垮了。2012年在牛津种树的那个晚上，苏老侃侃而谈和杨宪益、戴乃迭长达半个世纪的友情，那些一页页密密麻麻的通信，就在我们下榻的小旅馆里，我帮玮丽连夜拍下，因为信札第二天要物归原主，苏老破例借给她看。第二天苏老开车送我们去火车站，现在想来这是最后一面了！

无法知晓南京的那棵大雪松是何人栽下的，它的寿命有多少年了。如今人去楼空，当年风华正茂的一代翻译家、编辑们大都离世，只有雪松能见证国立编译馆的兴衰。

在记忆中，南京是个树荫遮天的城市，正因如此，号称“中国三大火炉”之最的南京才能让它的百姓一代代度过蒸笼般的夏天。母亲给我开了一张路条，纸片上写了几个地名，其中有天山路 39 号，她说就在富厚岗附近。讲不清她有多少年没到那一带了，从一张老照片上看，年轻的妈妈烫着短发，穿一件花呢旗袍，太阳光刺眼，她皱着眉。她的身旁是舅舅、舅母、爸爸及萧亦伍伯伯，他们照相的院子，正是 1946 年从重庆迁至南京的国立编译馆原址。

万万没想到，2014 年 5 月 9 日这天，我真的来到了这个院子门前，如今大门上写着大字号码，这是有军务保密级别的符号。讲清这一天翻地覆变故的由来并不难，难在现在已不能随便出入这道门槛。人家只认军方介绍信，不买我们的账。我只能隔着门眺望这棵来自喜马拉雅山脉的雪松。

好在人托人请来了马伯伦老先生，他是南京地方志的专家，小时候恰好住在这附近，就在国立编译馆对面的小街上。一同来的天津电视台拍摄组的工作人员顿生灵感，暂且先不拍编译馆，先要我陪马老走一走这条小街，听他讲述那些民国往事。于是，一批有头有脸的民国人物的名字好似出土文物般被点到，包括国立编译馆的历任馆长。我的眼前呈现出 20 世纪 40 年代一段文化传承的繁荣景象。马老说他六七岁时进过对面这个院子，他说大雪松下面有两只仙鹤。他还说那里安静极了，大人们都在工作。最让我兴奋不已的是他竟然见过一个年轻的外国女人和他打过招呼，那一定是我的乃迭舅母啊，我嚷起来。他说应该是她，记得她穿花色连衣裙，人非常漂亮，还带着洋腔对他说小朋友你好。

等待是难熬的，多方打听，疏通渠道，眼瞅着，有点“入地无门”的窘迫。我们无非是想进去看看，接一下以杨宪益为代表的先辈们这份文化遗产的地气啊，却不如一只麻雀可以飞进飞出。

不知是哪位聪明，居然人托人找到一位既是内部职工又有恻隐之心的人。他答应给我们向厂负责人带个话，但快下班了，只好等下午上班后再联系，我们一行人先找个地儿吃点东西。

下午两点，我们真正的贵人终于出现了，他叫许兴龙，是该厂工会职员，6 月将退休。他说他的领导叫他接待我们，言谈中才知这位军工厂的男人对民国历史文化情有独钟，实属难得。许引我朝大雪松的方向走去，边走边说，好像他是当年国立编译馆的讲解员，而我只是一位来访的观众。我们站在长青的尖塔形树冠下聊着编译馆旧事，面前有三块铜质或大理石的碑牌：一块是镶在楼房墙面的，民国时期由法国设计师虞洪烈设计；一块是 2002 年由南京市人民政府设立，明令为“原国立编译馆旧址”；另一块是 1999 年 5 月的修缮纪念。这幢墙色已变的三层西式楼房正屹立在眼前，大门半敞，能看见幽深的楼道。

就这样，那个春末的下午，我第一次走进原国立编译馆旧址。

2015 年 3 月 16 日雾霾天，暖气停供当日

拜访冰心记

时间：1990年12月5日上午9：30—11：00

访问人：杨苡、赵蘅

地点：中央民族学院内教授楼34单元2层3号

四层教授楼坐落在民族学院职工宿舍的楼群中，凉台比别的楼显得宽大些，楼下有一片圈起的空地种些花草。敲开了门，引我们入内室的大姐说："她在里面等你们，她的腿脚不方便。"

走进内室，只见充满阳光的大写字台前正端坐着冰心先生，她背靠一把黑色人造革的大转椅，笑眯眯地和我们打招呼，我们连忙脱下手套与她握手。她说："我手凉，你们快把衣服脱下，就放在我的床上。"我看屋里并排的两张床非常整洁，就将外衣搭到一张椅背上。这时，我们一慌，带来的一袋苹果被碰散了一地。她没在意，拉拉桌边两只椅子对我们说："你坐这儿，你坐那儿。你看我这屋阳光怎么样？"我们说太好了。

我妈说："我是杨苡，这是我的女儿赵蘅。"冰心端详着我说：

“你女儿都这么大了!”妈说:“她45了。”冰心笑着:“看不出，看不出。”我们坐定后，冰心说:“你们来我真高兴，你叫杨苡吧，你姐姐摔的腿怎么样了?前时我也摔了一次，我现在用这个助走器。”她指着床前一个金属器说:“这是送的，说是比拐杖好。我现在被管制起来了，坐飞机也不成，怕我出事。”母亲说到巴金的身体状况，冰心非常关心，告诉我们李小林来信说她爸爸现在身体比以前好了，冰心说:“巴金嫌家里饭不好吃，应该做他爱吃的。他只有两个姐姐吧?”我母亲说:“是两个妹妹。”冰心说:“巴金也是国宝嘛，应该请个人专门照顾他。现在我女婿的姐姐来照顾我，晚上和我一起睡，我的事由她张罗，另找一个做饭的。不行的话，巴金请个男护士也行。”母亲说:“有个四川亲戚叫李舒，住了一个月照顾得很好。”冰心问:“能不能让他常住，能不能让他辞掉原来的工作，不必找作协的人，亲戚最好。你还去不去上海，一会儿我托你给他带点东西。我自己记账，你们看这是我记的。”她拿起一个大簿子打开，里面的蝇头小楷，整整齐齐，一行行一排排列着。大家要吃什么、买什么、做什么，都记下。

我母亲告诉冰心先生我也写儿童文学，我说这里还有故事呢，冰心问:“什么有趣的事，说说我听听，把你的笑话告诉我。”我就拿出了1980年的《人民日报》(第八版)给她看，那上面有她写的《明子和咪咪》，还有我写的《生日请帖》。老人接过来边看边说:“我都记不得了，你能不能送给我?”我说:“可以。”她说:“谢谢!”

提起《人民日报》，冰心说:“一年收费780元，我现在也不看。那年民族学院大学生来叫我们写几个字，我写了一句话:‘学生爱国，我爱学生。’后来他们把它放大贴在车上，这事我不知道。我十年没出过门了。要是再找我，我会说清楚的，但是没来找。”提到一个她不喜欢的老作家时，冰心用两手把脸捂起笑了。

母亲提到舅舅的事，冰心说："宪益吗？我知道的。"她举起大拇指说："他真勇敢！他的孩子怎么样？"冰心问我母亲。母亲讲完，她又说："我说过三不怕，一不怕开除党籍，我又不是党员；二不怕离婚，现在没有人和我离婚；三不怕砍头，如果砍下我的头，我就誉满全球了。我们家三代都不是党员，女儿、女婿、外孙都不是。新中国成立前有议员要我加入国民党，我说如果入国民党要杀头，我就加入，我还要保留我的风骨呢。"

"总理说过四句话：第一内外有别，第二不卑不亢，第三落落大方，第四实事求是。这第一条最重要，所以我有许多外国朋友，即使是好朋友我也不能什么都说，家丑不可外扬嘛，他们把我们讲的拿出去一发表，对国家不好。我还是中国人嘛。""对今后我真是信心不足。他们冬天去珠海、深圳，夏天去北戴河，保健医生和司机、保姆一起吃，我不是说司机、保姆低一等，我是说把医生当成侍候人的人是很不对的，在西方，医生是第一职业。我觉得他们最傻了，少吃点少穿点怕什么，免得遗臭万年。""我去过印度和泰国，他们的领导人都只坐国产车，而我们的领导人只有总理坐红旗车。现在坐的不是奔驰就是丰田，我们的红旗有什么不好？只是慢一点，也没什么事，慢一点怕什么？"说完冰心和我们都笑了。

妈妈问："您看《围城》吗？"冰心说："《围城》原著我看过。现在报纸没什么看的，采访没什么好看的，电视也没什么好的。我晚上什么也不干，不看书，不写东西，就看电视，家里人要我看什么我就看什么，作为消遣，电视剧我觉得还是《四世同堂》好。"

接着，冰心先生拿起一本小册子问："这本书你们知道吗？都是孩子们写自己在'文革'的亲身经历，我写的序。"我和母亲接过书翻看，封面上用大字写着“滴血的童年”，字下方画的是一群红卫兵在写大字报。封二是巴金的一段文字，关于建立“文革”博物馆。序是冰心作的，末尾有一段文字是这样写的：“自五四以来中国的封建主义，宗教祠堂，从来没有被打倒过，最近七八年来才刚刚看到一点民主的曙光。”

“我摔的这跤，我算是因祸得福，这几年我的会太多，政协的不能不去，人大的、作协的、妇联的，现在倒好，我都不参加了。那些会都没有意思。”

她说：“我们一家人在一起总是说笑话，家人在一起都绷着脸多没意思。我的大女儿吴青一家住对面的单元，他们有一个孩子，已经工作了。还有一个小女儿吴彬出差去了，他们也有一个孩子。”“买五辆奔驰车的钱用到造红旗车该多好！我在日本讲学时他们教师的工资最高，大学毕业教小学，所以日本这么强盛跟重视教育很有关系。”

屋外传来厨房的声响和梅菜干烧肉的香味。怕冰心老人太累，我提醒母亲该走了。

我们起身告辞。冰心按了一下铃，唤大姐从柜里找出两盒人参给巴金，大姐问我母亲：“你要回上海？”母亲说：“我要不去，会有人带去的。”冰心说：“这个参很好，是长春的，给他吃可以，我每天早上由大姐给我弄西洋参，空腹服用。”“叫那个李舒最好留职停薪，留下来照顾巴金，就说是我希望的。不送你们了，你们可以常来。”我说我家离这儿只有一站路。“那好，欢迎常来。”“我可以骑车来。”我又说。“那就更好了。”她笑着说。

“再见！再见！”冰心老人目送我们出了屋。

1990 年拜访后追记

漩涡中一株阳光

仿佛还听见沈峻阿姨粗粗的嗓音，在电话里向我道谢，说收到我送她的书了，以后慢慢读。其实她不必这么客气，每回送前辈们拙书，不敢要求他们有什么回音的。然而他们这代老人总是这样，严文井、郁风、黄宗江、范用……哪怕是一张小小的贺年片，他们也会不是写信，就是打电话，让我好感动。

没想到这是我最后一次听见她的声音。

老人家一位位走了，永远离开了我们大家。前日又传来沈峻阿姨去世的噩耗。姨妈说沈峻阿姨不让人去看她，谁也不许去。她的儿子也不让来，所以她走时，身边谁也不在。她就是这样的，她对我舅舅太好了！这句话在今晚我妈得知消息的电话里也一再这么重复。似乎我们家人一提起沈峻阿姨，她最大的优点就是对我们至亲至爱的擎天柱杨宪益的爱护。

回忆在脑海里急促展开……

北京文化老人的多次聚会中，我扮演最不起眼的小字辈，而沈峻阿姨如鱼得水般担当起总管。具体讲，她负责管账，每顿饭的开支，或分摊付账都由她来安排。这些老人家都经历过大风雨、大动荡、大磨难，坐过牢的、劳改过的、死里逃生的、妻离子散的，其中最有名的是“二流堂”奇案，这顶帽子常常会在他们谈笑风生中成为聚会的玩笑之一。

这圈里人都知道丁聪很馋。而自称和被称为“家长”的沈峻阿姨则掌控着老伴的嘴，扮演平常人看来很残酷的角色。这个不许吃，那个不能多吃，每到这时，丁老就变回一个很可怜又听话的小孩，嘟嘟囔囔委屈极了。可是我怎么看都觉得他其实挺心甘情愿的，他们老两口，一个“诉苦”，一个很“凶”，娇嗔还是逗趣，反正好玩极了，这是每次聚会又一桩会让人捧腹大笑的事。

2002 年 5 月 10 日，在紫竹院南路 2 号临江仙面馆，事先沈峻阿姨以丁聪的名义订好了包间。舅舅和妈妈很重视也很守时，我打车送他们早到了一会。妈一看沈峻阿姨并没到，就叫我打电话催她，可沈峻阿姨正忙着，说还要等人，反倒给我们布置了去叫黄宗江的任务。等老人们到齐我就撤了，午后一点再返回面馆去接人，只见那包间已空碟满桌，美酒效应都已挂在他们的脸上。丁聪刚走出卫生间被我撞见，凭借画画人的直觉，我忽然发现他变得异常瘦了，心里咯噔了一下。

2002 年 5 月 27 日，又一次聚会在平安大街文采阁，到场的有四对夫妇，还有舅舅、妈妈，我和弟弟。只是这回埋单权好像被郁风抢了，席间笑声不断，沈峻阿姨只是笑眯眯地坐在丁聪身边。舅舅喝了个大红脸，他高兴他的英文自传《白虎星照命》在香港顺利出版了。

2002 年 10 月 19 日，更大的聚会仍由沈峻阿姨主持，那天来了很多人，不常参加的袁鹰、姜德明也来了，还有一位大家共同的朋友英国女士白霞。一二十人足足坐满一张长条的大桌边。沈峻阿姨致开场白，将这次团聚的主旨讲得明明白白："今天过生日的有真生日，有假生日的，第一位是唐瑜，90岁，第二位是丁聪，87岁。"这是我第一次见到久闻大名的"二流堂"唐瑜老先生。白霞举杯起立动情地说："25年了，大家都没有太老，还和那时一样。我不太有钱，但我有你们，我有这么多朋友，所以我很富有。"白霞的一番话也代表了在座各位苦尽甘来的心情。

沈峻阿姨的一生，正如她的名字一样，山高而陡峭。听说当年丁聪伯伯出发去北大荒那天，正是沈峻阿姨生小孩的那一天。第一次当爸爸却只能隔着窗子看一眼自己的娇儿是啥滋味？看过丁聪在北大荒的画集，土坯房、土炕，风雪交加、荒草萋萋，饱含着多少思乡和思念妻儿的寂寞。到了"文革"，我这代人也到了二十来岁，不料想会有机会和老一代一起受苦。在我所在的干校里，我接触过米谷、丁聪、吴祖光、黄永玉，尤其亲眼目击过丁聪如何勇敢地顶撞对他施压、蔑视的"工头"的场面。至今仍历历在目！那样的环境里我们谁也不敢深谈什么，所以我无从了解他的患难妻子是谁。直到很久以后，我才认识了晚年的沈峻阿姨，一部荡气回肠的历史，她选择了沉默。今天可以这样感叹，沈峻阿姨最年轻、美丽被称作"名媛"的模样永远被封冻了！

正是那次秋日的聚会上，我挨着丁聪坐，第一次和他提起干校往事。他笑呵呵地说："我对你印象最深，你那时光脚挑水，很年轻，而且很严肃，目不斜视。"我明知他记忆有出入，当年我不是挑水，而是在工地上推车。我没必要纠正他，这不重要，反正我们这一老一少的难友能活到今天，还能画画创作，已很知足，昔日苦难早已变成了会心的一笑。

2008年2月16日那次在隆福寺娃哈哈酒家的聚会，是舅舅最后一次和老朋友们见面。老中青一共有 17 人。我先到了，沈峻阿姨她们后到，一进包间，她劈头一句吩咐我："赵蘅，我把螃蟹落在车上了，你帮我去跑一趟拿来。"我愣了一下，因为平时和阿姨并不很熟，总共没说过几句话，可见她一直把我当做晚辈孩子不讲客气。

这次由邵燕祥致开场白。之后令在座的惊喜的是舅舅主动说话，他郑重其事地公布："今天对我来说是重要的日子，是我当年结婚的日子，和我同一天结婚的还有我的妹妹杨敏如。"一高兴，他和黄苗子都即兴做了诗。

接着沈峻阿姨给大家说了两段老伴的糊涂笑话，一段是丁老说自己的身体照这样好下去，他想他大概活到六十几岁。还有一段是问他现在几岁了，他答道："我两岁了。"

乐够了，也拍了照，惜别时，对以后还有没有机会再聚，谁都心知肚明。我把舅舅送回小金丝胡同，目送护工推轮椅送老人进胡同，竟忘了还给他存在我这儿的一千元饭钱。事后得知沈峻阿姨根本不会要他出钱，她的张罗完全是为了给病重的宪益散心找乐子。

沈峻阿姨正是这样一个人，在那些年里耗尽操劳给文化老人们带来许多快乐。她总是爽朗地大笑，说话不带拐弯，一点也不掩饰、不虚伪。她刚强、要强，好像从不会流眼泪。甚至让我觉得她不大像个女性，初接触还会觉得有点严厉，有点怵她。她不仅镇得住老伴，还博得了大家的信任。她就站在那，稳稳当当、公公正正、大大气气，像这些九死一生的幸存者的掌门人和保护神。每到这时，我难以将面前这位阳光感十足的老太太，和遭遇噩梦的女孩合为一人。

这样的女性，这样的大起大落，大难大悲，都不曾被一次次厄运击倒，一个人该有多大的勇气、心胸、信念和坚强意志啊！

都说恩爱夫妻，一个走了，另一个很难缓过来。我知道丁聪伯伯走后，沈峻阿姨也病了，后来得了绝症。我母亲很惦记她，几次想写信慰问，又恐怕她不愿别人知道病情。母亲说她们俩谈过心，20 世纪 40 年代末，她们一个在北京一个在南京，同样亲历过那场反饥饿、反内战的大学潮，彼此心照不宣，闭口不提过去。

我永远记得 2009 年 11 月 20 日，是个黑色星期五，那天我陪敏如姨妈最后一次去看躺在煤炭总医院的舅舅。他样子衰弱极了，勉强睁眼呼应已伤心欲绝的大妹妹。姨妈趴在他耳边大声说："沈峻在美国，叫你一定要等她回来！"舅舅用极细微的动弹表示他听见了、听懂了，他这是要谢谢对他一直关爱的老朋友啊。

今晚，刚在朋友圈里贴上几朵俯首的小花以悼念沈峻阿姨。实在没想到一个悼念沈峻阿姨的约稿随之降到自己头上。我被问有没有画，意思是有没有为逝者画过像。这让自己顿时懊悔不已，怎么没想到为沈峻阿姨也画一张呢？一个自我辩解在心里打转，这能怪我吗？沈峻阿姨是站在后面的人啊，每逢聚会我总是盯着那些在前面的老先生们画，又哪能注意到那些站在背后的人呢？阿姨从不在乎自己有没有名气，从不在乎老伴的名气有多大。在她看来，老伴就是老伴，照顾好他，让他少得病、不得病，是她最大的责任。年轻时，她苦等他多少年才团圆，老了就相依为命，这是他们这代人的操守和幸福，这足以令现代许多不知廉耻的人们汗颜百倍！

我对母亲说，沈峻阿姨就是站在后面的妻子。丁老在南京开画展时，诸多媒体记者涌到休息室采访拍照，她不愿出面，要和我母亲到一边聊天，她说她讨厌这些。结果只好由我父亲陪着一起接受访谈。正是那次，我母亲建议丁聪出本《我画你写》图文并茂的书。沈峻阿姨帮丁老出版了不止一本书。她是很有学问的，读过北大，留学美国，还在复旦大学学了俄语，长期供职外文局，但她从不宣扬自己的成就。丁老爱买书到了狂热的地步，我和母亲见过他们家堆积如山的书，沈峻阿姨宠着他，只会跟在后面收拾干活。现在看来丁式幽默背后是沈峻阿姨的支撑，丁老的欢笑背后是沈峻阿姨的泰然和镇定。

这些年一张合影照片始终摆在我母亲家的客厅的书橱玻璃门后，来客时她总爱一一介绍。母亲说照片里坐在前排的人都走了。今早她为支持我写这篇悼文，95 岁高龄的老妈，竟冒着南京冬天的阴冷亲自将悼文送到附近复印店去扫描。还叫我弟弟打来电话问收到没有，行不行，要不要改进。我们全家都为失去老朋友沈峻阿姨感到痛惜，愿她的灵魂在天国和丁老团圆，不再被骚扰，不再被打压，得到永久的安宁！

写到这，眼前出现沈峻阿姨咧嘴大笑的灿烂面容，鼻梁上架副眼镜，毫无修饰的短发，再普通不过的衣裤，天热脖子上会坠一条挂件，天凉会系一条色彩明亮的围巾，算是她唯一的点缀吧。

现在，我补画了一张，在她灿烂的笑容后面加了群山。

我心中的沈峻阿姨，像山一样峻。

又一年的平安夜即将来临，愿世界上所有的女孩不再有噩梦，所有的家庭都能平安和睦，香甜入梦……

勿草于 2014 年 12 月 17 日凌晨，次日修改

弦二　探访

小孩子的足迹是由大人决定的。

一个人的生命说她小就小，说她大就大，这完全在于自己怎样看待生命，怎样感恩赐予自己生命的一切。

今天总算骨肉相认，终结了长达65年的隔绝和离散！

病榻前听来的遗事

我家老太太厉害，生病了也不会耽误超群的记忆，在病榻上讲的旧事三天三夜也说不完。

于是萌生了专记病榻前听来的遗事，这是发生在跨世纪的2000年。前一年爸爸走了，这一年夏天妈病倒了……

2000年7月18日　星期二　阴

15号早晨怪不得早醒，是一种感应，8点大姐来电话，妈妈在零点到来前被送去抢救了。和爸爸的情况一模一样，也是大汗淋漓，面色苍白，大口喘气，然后就不大清楚了。这两天她犯结膜炎，称自己闭一只眼睁一只眼，疼得死去活来。第一天被鼓楼医院耽误了，还做了与年龄不符的眼底检查，结果更严重。直到第二天去人民医院才诊断正确，但因疲劳、暑热，加上连停了两天的心脏病药，14日夜突发心绞痛，大姐刚扶她上完厕所回到床上，她就大叫："小苡，快来！"幸亏我姐果断拨急救电话112，然后叫来方医生，再去解决开院门的事，最后才叫弟妹向利华。能干的长女在电话中说幸亏她在，我自然很肯定她，感谢她。

我吓坏了，我简直不能相信没妈的生活。残酷的现实时刻在提醒自己，妈妈八十一了，她随时有可能去找爸爸！

由于人民医院抢救及时，母亲很快恢复正常，大姐说我不需要去。16 号晚我又听说那夜是方医生把我母亲抱上救护车的。我打电话去致谢，他说我母亲太操心太累，以后散步要人陪，另外营养要跟上。这也是大姐的意见，她和妈常为伙食争执，母亲只要黄油面包足矣，常年如此。一个能干的妈妈，一个做饭极好、从来主持家务的妈妈，怎能习惯由别人张罗呢？可她该服老了。这天的电话中，母亲一如往日的谈笑风生，还说抬到医院好玩，听人摆布。她第一个想到巴金有危险，然后想到邵老师，想到自己要写的东西未写完。她还说：“我留一只眼看儿子。”我笑说只要留喉咙说话聊天，留耳朵听音乐就行。她本来叫大姐别告诉我她进医院，现在她已回到家里，我劝她一切听大姐安排，包括伙食和保姆。

2000 年 7 月 29 日　星期六　阴

晚 9 点按利华给的电话号打到南京人民医院高干三病区，既焦急又欣喜地等待着听母亲的声音，却得知她已睡了，因为发烧到 38 度多。我一惊赶紧打电话给利华，她今天没去医院，今天是小苡去的。

妈看眼睛那天，她带了一包磁带悄悄对利华说她想住院。利华听了很难受，我今天也很心酸。难怪她一住院反而快乐，但是为什么又发烧了呢？后来经利华去询问，原来下午洗头、洗澡时受了凉。我对利华说，我随时准备动身去南京，我不能想妈妈会怎样，她太可爱、太伟大了，我不能没有她……

什么搬家，什么文章出书，我会全扔在脑后，只要能飞到妈身边保住她的生命，我一切都能付出！我已失去了爸，不能再失去妈，虽然这是早晚的事。

2000 年 8 月 2 日　星期三　晴

本想好好写篇日记，因为 9 点多从医院回来，还可以有一段不短的时间。给赵苏、F 君打完电话我就在妈妈的书桌上（原先是爸爸的）摊开了本子。

我是今早 7 点 41 分抵达南京的……我直接去了医院，开到高干病房门口，乘电梯到三楼，一直走到头便是 22 号病房。推门进去，小苡正弯腰在卫生间剪花，我从她身边走过，她抬头惊叫起来：“小妹来了！”

我笑盈盈往里走，只见妈妈和一个护士正站在床前整理床单。她长衣长裤一头乱枯发，两眼因见到我而惊喜得冒光：“哎呀，我的小女儿来了！”她大叫，我上前，她几乎扑过来把我抱住，把头整个埋在我怀里大哭起来，她是这样柔软而弱小，我心酸极了，轻轻唤道：“妈妈我想你，惦记你！”顿时也淌下泪来。

这是我长大成人第一次和妈妈这样见面。第一次在医院，第一次当众纵情淋漓。事后才知她已在前一日听向利华说了。

母亲的状况比我想象中要好，精神、脸色都表明她又熬过来了，她的生命力真顽强！这里条件很好，除了没有冰箱，像宾馆一样她一个人住。隔几天订饭菜，24 小时有热水。更主要是她住这儿有安全感，一有事就按铃。不时有朋友来看望、聊天。现在屋里摆着好多花篮，母亲谈天说地，哪里像病人？

下午我补个觉，四点多出发再去医院，小唐、邓小文已到一会儿。小唐中午来送爸爸的一百本书，他说杨先生得抓紧把要写的写出来，赵先生去世后眼见师母衰老。没想到他俩（师生）这么像，也有紧迫感。

陪妈聊聊天，招呼她吃饭睡下到九点，我摸黑回去，发现江苏人民医院如此庞大高级。在南京的第一天即将过去，妈没大碍，我的心情平静许多。她在抢救中出现的幻觉奇特异常，全是美的事物，油画、欧洲风景、长长的花窗帘、德国精美的瓷器，色彩缤纷，无尽享受。她必是当成天堂了。她感到那儿已在召唤她，她不觉得恐惧。她对我说了《脚步》的构思，还唱了我小时候的儿歌。

2000 年 8 月 3 日　星期四　晴

早上抽出书柜里爸爸翻译的《红与黑》，读了译后记，很是感动。

昏沉沉近两点才睡下，第一次妈妈不在家时睡在她的床上。准确地说，妈在医院时我自己却住在家里。爸爸没看到装修过的家，妈妈刚要享受大书桌，文章刚写了一篇，就病倒了。她计划写五篇关于巴金的文章，她计划在二十封巴金的来信后面各加写一篇散文，连同原先写的几篇长文编成一集，汇编在关于巴金的一部丛书中。这是她现在最大的心事，我以深切的理解听她叙述。

今天她念了她写的草稿《影像》，是写对我的曾外祖父母的画像的印象。听说这些画像是齐白石先生的早期作品，可惜全部失散。妈不惜笔墨详细描写童年家族祭祖的琐事，最后竟笔锋一转写自己今日镜中的老态，“其实我很像祖母”她写道，“尽管没有凤冠霞帔，但……”我对她说：“怪不得刘心武评价你的《梦萧珊》是形散神聚呢！”

利华几次来，这个楼道一头住着她爸爸，一头住着她婆婆。

停止输液后我帮妈妈擦澡，两人挤在卫生间。妈干净多了，我出了一身汗。我不忍细看妈衰老的身躯，这是我的未来吗？我想。

9 点接到鸫儿电话，叫我打过去，他在德法边境，正在学德文。他说他做梦有人去世吓坏了，就打电话到北京，没找到我，再打南京，果然姥姥病了。他很想念姥姥，在电话里说了一堆关心的话。

2000 年 8 月 4 日　星期五　多云

有个灵感，写南下陪床期间母女俩的谈心。初拟叫《病床前的谈心》，按日期写：第一日，第二日……大约能写出深度。大致列了提纲。

今天到医院迟点，妈已挂水。早起自觉疲惫，但我仍坚持要去陪床，每天和妈谈心是无尽的享受。

上午她要我听音乐，黑色巴掌大小的录音机，她天天搁在枕边。她说早上她听得泪流满面。这是卡里拉斯的演唱会，第一首是勃拉姆斯的《摇篮曲》，第二首是舒伯特的《圣母》。我听着那如泣如诉的旋律，望着床上灰白头发的母亲，她张大眼睛在想着什么。

"你生下来后实在好看。有一天，你歪在我身边睡着了，查良铮诗人和陈蕴珍（萧珊），还有路智长来看我，他拿一枝花，是野地里采的野花放在你手心，你不知道，握着花继续睡。我将来要写在写你的那篇里。"她说。

"那回南京新华书店签书活动，一个老读者出现并叫我名字，就是路。他在吉林，大概还在。"

2000 年 8 月 5 日　星期六　阴

今天妈说起"八·一三"，她指她和父亲的结婚纪念日，60 年了，称作钻石婚。她早想写文《命中无钻石》。今天她头一次告诉我们她和父亲婚后躲轰炸的经历。

今天我和小苡一同去医院，上午张祖德、包老师、焦老师、许蓉、邹小娟、邓小文来看妈妈。对了，还有张的太太，以及忆明珠夫妇，下午是马佩莹。妈妈躺在床上，左手输液，上午谈出版翻译文学，其中有关于儿童文学的。张说马上要出现儿童文学热潮。妈说她可以参加，一反1959年对她的批判。我心想我当然也要参加。过了这么些年，自己还是在儿童文学上被承认，写了这么多东西，首肯的《重见玛丽》还是归为儿童文学范畴的。

邹小娟说她初中儿子读不进名著，当她给他讲了故事梗概后，他说："好了，我知道了。"这是快餐文化时代，简直在为孩子搞争夺战。但我说当看见三联书店的木楼梯上坐满读书的青年时，你会觉得中国还有希望。

张提出一本《政治自由主义》的译书，在场几个都感兴趣。"自由，多美妙的词汇！"我说。

睡前翻阅爸爸的遗作《离乱弦歌忆旧游》。我惊讶爸爸在近几年还写了这许多篇我并未读过的文字，读后感觉无比亲切。我想这次赶来南京的另一收获是走进了双亲的精神世界里，继续享受其恩惠和感染，这一切将成为我修订新书的力量。

2000年8月6日　星期日　阴　闷热

拟定文名《病榻前听来的故事（老事儿）》，就写十日。

来医院更迟，早上洗衣、叠衣，准备给妈妈吃的西瓜。

妈妈开始挂水，还维持4瓶，王医生昨晚值夜班，与妈妈聊天，他看了我的画《绿门》，说你女儿年轻时一定很漂亮，妈说她哪有那么漂亮？

上午母女三人闲扯，谁喜欢谁，妈说这只是指不喜欢一部分。又说生孩子，大姐说生孩子容易，我谈起去世的王文彬大夫给我诊断胎位的情形。妈接着说鸫鸫生下来难看，生下来好看的是小妹小苡。旸旸也不好看。还说鸫鸫哭起来吓人，因为怀他时营养不良。上附中再见到时，就已是个英俊少年了。

前日听向伯伯说楼上一位百岁老太太去世了，把她的全部遗产给了保姆。今天妈妈说她叫李美云，是南师的营养学专家。早年留美，终生未嫁。爸爸在时电视台曾请四位世纪老人谈英语的教学，有爸、有妈，也有她。百岁老太太见过罗斯福。有人递条问此事，她不作声，只是说这是宣传。

在向伯伯那里，我在电话中问利华，她和赵苏还来不来看妈妈，妈想她，明显而情不自禁。这是她这回生病的一个微妙变化。向伯伯聊天爱讲党的政策，今天讲的是改革精简机构的事，因为赵苏被取消了福利。他再次提到爸爸的去世，认为是大意抢救不及时。想到这些事很伤痛，不再提了，尤其在妈妈病中。所以妈妈一定会好起来，因为每个人都在心里接受了教训。一个清洁工告诉我她伺候过爸爸的情况，爸爸还送过书给她女儿，写过信，她女儿正在读大专。

和小苡回家后，接到蒋阿姨的电话，4 月时她变成植物人的儿子，死了。

2000 年 8 月 7 日　星期一　雷阵雨

抽出一天办事，不去医院了。上午清理现已存在小苡房内的爸爸的遗稿。都堆放在一个底柜内，塞得满满当当。原先立在客厅门边的长柜已在装修中被淘汰。

其实很好整理，因为爸爸生前自己开始着手准备后事了。一包包的封皮上用红笔写的刺目的大字：“妥善保存！”“极其珍贵！”“待出版”等，尤其是在《红与黑》译稿一包上写着：“坚持译完此书，死不瞑目矣！”再见到这一包包用心血凝成的文字使我心情沉重。去年春天已打下了基础，今天仅需分好类别，再清点一番。我将他待出版的放一堆，资料放一堆。弥尔顿的《欢乐颂》与《沉思颂》有三包，《多彩的旅程》也有三包，包括插图、封面，沈从文先生的题字。妈妈和张祖德说了，让译林出版弥尔顿。我还发现爸爸为自己准备了许多书简，自选集拟好了目录。这次翻看《红与黑》的新译本，已译好了十几章，目录全部译完。小唐说赵先生每翻一段后都要对照好几种文字译本，太认真了。至于他的旧诗文，未发表的文字，还有很多，他一生写了那么多东西，再干 10 年也弄不完，我不知道自己能有多少气力把他的心愿实现。

还有妈妈的呢？

可惜我已 55 岁了！我自己都需要做身后事了。

忙到一点，坐在小板凳上，腰酸极了。

一天不见妈妈，甚念。约小苡打车去医院，赵苏、利华和吴兴雷老师正与妈谈天。四个孩子难得一起有说有笑。

2000 年 8 月 8 日　星期二　晴

照样能早起看妈妈，还好睡着了，虽然仍很困。妈却睡得好有精神，她并不在乎，吃了一片安定。我去时虹玉已先到，一身中老年素装，透出稳重。妈和她聊起“大跃进”时我的幼稚，“文革”在干校她妈跌跤的事。那几年我妈也受了很多苦，一提就话多。

下午蒋阿姨一家来看妈，当他们起身告辞时，妈拉住蒋阿姨的手哭了出来。顿时我也热泪盈眶。两位老朋友是 1948 年认识的，现在都白发苍苍。妈回忆她这一生有几次生病是由蒋阿姨照顾的。

我也有这样的经历，1973 年我刚分娩，蒋阿姨为我按肚子，因为尿不出来。是她为我做红糖鸡蛋，喂我吃，在我刚下产床的凌晨。

妈今天详细对我回忆起 1955 年她胸部感染的经历。我才了解原来 1954 年高教部就批准了她带孩子出国，只是她患有肝炎，没走成。她给高教部写信说，你们干部都能带亲属，我们应该也能。

上午护士来做紫外线消毒照射时，我搀妈在过道上散步。她领我去看望人民医院前院长关先生，他光着头正趴在桌上写东西。从这位院长的外形实在看不出他曾有多资深。后来他回访妈妈，向妈妈讲述自己一生的经历，从教会学校学美式英语，到医学院学德文。后来又去美国留学。在新中国成立后回国。“文革”中他也挂牌挨斗，他的夫人就是刚去世的李美云的学生，她 80 年代死于癌症。我送他回病房，他一路谈学外语，他学过五周俄语，说俄文、德文相似。至今仍记得多种语言的老人，近 90 岁了，真是难得！我画了他和妈聊天的速写，没敢给他看，因形象难看。

聊小苡事时，妈讲了在北碚边上大学边带孩子的经历。清贫、四川大耗子，她才二十出头。关于我，她说了几件大难不死的事：掉粪坑、跑到铁轨上、拐子，还有坐热马桶得了淋病。她说我哭起来像小牛，不难看，眼泪一串串。

我回家补看完在医院未看成的《英国版画集》，萧伯伯写的代序《英国版画和我们》实在精彩。我敬佩之至！我发现他好用“尤”“甚而”，他的幽默感溢满全文。写二战那些惊心动魄的事像聊家常那样平和，看来我得学习一辈子。这本书我还要细读，所选作品好极了，装帧也好，真是南京之行的一大收获。

2000年8月9日　星期三　晴

妈妈今天概括中央大学在20世纪40年代发生过的三件惨案。第一件是她生完小苡重返校园时，新认识了地质系的马小姐，这位马小姐有一次和她的未婚夫及另一男生去采矿。采集多了，就雇挑夫，五个挑夫一起走到半山，要求歇歇，互相使个眼色，就把两个男生捆起来绑在树上，然后当着他们的面轮奸了马小姐，马小姐拼力反抗，但寡不敌众，奸后被杀，弃置山上，男生逃回学校。后来呢，我问，后来不了了之，妈说。

第二件是情杀。一个男生给一个女生一封求爱信，女生公开奚落这个男生，事后这个男生用刀捅了她，然后自杀。

第三件是女吊。“我写《女吊》发表在《钟山》上，我一生见过几次女吊，北碚一次，‘文革’时两次。总支书记挺好的人，上吊死了。”

中午在妈的床上睡了一香觉。精神了，开始画画，从昨天起动笔，好像已上瘾，今天画妈妈睡容、读报以及和利华、赵苏聊天。画时我脑子里涌现的是《英国版画集》，我希望自己的线条也那样美妙，但不容易。我还记起丢勒画的母亲肖像，那青筋暴突的老妪，凹陷的眼珠里流露出惶恐的神色。

晚上赵苏歪在妈的床上握着利华的手，听妈侃英国女皇登基。妈讲电影明星和名片如数家珍，我说妈可以到电影学院开讲座。

2000年8月10日　星期四　多云

原来安排在今日查头颈的事因故被推迟，改做动态心电图。我早来正赶上陪妈楼上、楼下找地儿，现在她已背上沉甸甸的仪器，之后体温为37.2度。

上午她念写完的《影像》一文，共两千字。她说文章最后是神来之笔，连续的问号，镜中人与镜外人的互问，把文章推向高潮。人到老了写文章都这样跨越时空，显得信息量很大。我边记边想，妈写祖母，我写她和爸爸，妈写清末民国初年，而我写抗日战争中的双亲，假如有一天能把这个家族历史串起来该多好！谁担此重任呢，是我吗？

2000 年 8 月 11 日　星期五　雨转晴

妈已显著康复，体温计显示正常，昨天傍晚挽着我在院中散步半小时，一点也不感到疲劳。体温计上显示正常，中午和傍晚她和利华都催我订火车票，初步决定下周返京。

昨晚餐后受妈嘱托下楼去看张滇，他取胆结石后恢复很快，两人在他病房里聊了半小时左右，他惦记着听我妈书中的故事，拟写杨苡和《呼啸山庄》。他赞扬我的家庭条件好，三姐弟各有各的事业。他对文坛的现状很担忧，对新生代、个人化、“绝对隐私”、脱离生活等现象都有看法。我说起 20 世纪 80 年代初的创作活跃，他写出《清水湾淡水湾》，一举成名。而我写了《八哥》后开始儿童小说的创作。后来“反精神污染”，然后“六四”。我倒不认为现在文学界一片灰暗，各写各的嘛，一个人的文学表达不必顾虑外界的晴雨。真诚对待生活，真诚对待读者，总会写出感人的文章的。

几次阵雨，天气潮闷。昨天病房里添了一位老太，因眩晕住院。这几日儿女纷纷出现，有扬眉得意的，也有愁眉不展的。托尔斯泰在写安娜时说得好，“不幸的家庭各有各的不幸”。司汤达则把《红与黑》“献给少数的幸福人”。

上午姚北桦来看妈，他刚动完心脏造影搭桥手术，精神焕发，说下周去疗养。他说爸翻译的《法尼娜·法尼尼》很好。我边听他们聊天边画速写，其实画得并不好，妈非要我送给他留念。

我已把妈的一包诗带到医院，她要抄好托我带给邵老师。她简陋不堪的碎纸夹里尽有宝藏，散文，写巴金的，写杜叔叔的诗。昨天完成的《影像》已由利华打字，但电脑出了故障，因级别太低。

2000 年 8 月 12 日　星期六　多云　闷热

上午由小苡陪妈，我可以抽身去新街口一带办事。

这天晚上帮妈翻找磁带，但一个她点的 NaNa 不见了。

一约再约的丹娃要来看妈妈，昨天下午兑现了。但进门的第一人是吴珏珏，妈妈的南师学生，现南大蒋校长的夫人。她从上海路买来一束鲜花捧到医院，一身素花连衫裙，光脚凉鞋。我见过她冬天的样子，总给人一种清爽舒服的感觉。她比我小一岁，在中学教英文。她先谈自家装修，一个人在丈夫不在家时突击装修 80 平方米的旧房。校长执意不搬新居，说自己不是院士。

后来的许钧提到在巴黎见到我的画册，说他也去了巴比松。他前时获得法国政府奖，他是《追忆似水流年》的译者。许钧来访的主要目的是送一篇文章，内容是推荐爸爸新近出版的遗作。他先给我看，我开始觉得他的表达方式挺怪的，句子显繁，读到第二页，他对爸爸的怀念使我感动、感伤。妈说他是搞翻译的，怪不得语句像翻译文字。妈希望他来完成爸的心愿——重译《红与黑》。

我的《病榻前听来的遗事》构思，大家听了都觉得好，丹娃还说应该录音。

晚上翻看《勃朗特姐妹研究》至一点钟。我的文字似乎可以更深一层。

2000年8月13日　星期日　多云　闷热

前几日妈提到“八·一三”的日子，使我一直打算张罗全家在这一天纪念一下。因为60年前的今天她和爸爸在昆明登报结婚，特意选择了这样一个中国人在上海吴淞口英勇抵抗日本侵略的日子。

昨夜与小苡、赵苏、利华商量，决定采用红玫瑰奶油蛋糕方式庆祝。我和小苡去买，赵苏夫妇11点去了医院。

打了两趟车，在珠江路一带挑中了如意的东西，还在蛋糕上写上“心中有钻石”。我本来要买60朵玫瑰，被小苡拦下了。我俩一进屋走到妈的床前，小苡刚张口表示祝贺，妈大叫“今天是我的钻石婚!”然后用毛巾被盖过脸，哭了。两姐妹顿时受传染，我眼冒泪花，小苡索性站着咧嘴哭了。几分钟过去，一切恢复正常，妈叨叨我们浪费钱，“我最讨厌玫瑰!”她说。

今天她因病友半夜折腾没睡好，精神不大好，可我带来的书使她开心，有文汇笔会的集子《默守高尚》，有邹霆叔叔写的《从红火到寂寥的杨式文化沙龙》，还有黄宗江写的《乃迭仙姐》。敏如阿姨寄自美国的长信，历数家长里短，一个古典文学教授叙事像章回小说，信息量大，连珠炮似的不带喘气。

赵苏偷拍了几张照片，妈不喜欢照相使我们姐弟常常不敢轻举妄动。蛋糕确实好吃，分吃完，妈打发我们走，她要我们见好就收。

回到医院妈已睡醒，精神好多，母女三人谈着天。妈还上楼打过电话，她打通李济生和王辛笛的电话，看她喜悦投入的心情，我想每个人的情结不同，互相尊重就能友好相处。

2000年8月14日　星期一　闷热　雨

带了三本书到病房看，一本是《勃朗特姐妹研究》，一本是《司汤达传》，再一本是《意大利遗事》。

《意大利遗事》是李健吾译的，他的引言写得真好，他对司汤达的评价与毛姆很不相同。他把这位法国大作家的生平放在历史时代的潮流中，我才了解司汤达为何能获得如此高的地位，因为他的进步性和尖锐的批判现实主义。从他开始才有了真正的现实主义文学。

我全读了《法尼娜·法尼尼》，写得真好，真感人！妈说爸译的《爱的毁灭》出版日期我再查。我发现司汤达喜欢使用断句，一句一个句号，或两三句一个句号。我欣赏这个为爱情冒傻气的年轻美丽女郡主的悲剧故事，男女本不相通，用在她和同样年轻的烧炭党人的情感波折中同样适宜。

前时妈告诉我好几首美国20世纪40年代的歌曲，有《交换舞伴》《在山谷中》等。她戴着耳机听得如痴如醉，我记下一些词意，可作为文章背景氛围的描写。

2000年8月15日　星期二　多云

今天是中国人民抗日战争胜利55周年。“八·一五”日本鬼子投降了，苦难的中国人民经过8年的浴血抗战，盼来了这一天。当年这一天我才4个月。焦点访谈播映的是“七三一”部队惨无人道的罪行，令人作呕、愤慨。南京正展出奥斯维辛的画展，介绍说是日本人画的。今日，南京已看不到当年大屠杀的痕迹，车水马龙，回家的路上灯火如织。但我从不会忘记民族的屈辱史，我庆幸自己55年后对国家有贡献。

2000年8月18日　星期五　阴

与小苡同车，她去胸科医院找李大夫，佩莹在门口等她，我去高干三病区看妈妈。

妈又写了一文《命中无钻石》，我帮忙作小调整。其中为爸爸概括了几句，挺棒的。

今天是她的81岁生日，我只是小声在她耳边说："生日快乐！"她不喜欢鲜花和蛋糕，我不敢惊动她，所以什么也没送。

21床老太太的大女儿来看她，我说她是笑口常开。她送小石一串珍珠，我说起自己年轻时穿补丁的事，5个不同年龄段的女人一起回忆起当年各种可笑的事，不禁感慨一会，妈妈在其中更是滔滔不绝，哪像八十多岁的老太？

晚饭后在走廊上散步，她要去看望忆明珠，我们小坐一会儿，彼此一起回忆江苏文坛的人们，一个个都老去了。妈说忆明珠写讽刺散文，写得好极了，但是我面前这位慈眉善目的老人，寡言少语，只是默默微笑着听妈妈讲话，他前时患了电解质缺乏症。

回家时大雨已停，买水果时把雨伞落在店里了。我和大姐过了一个平静的夜晚。

2000年8月22日　星期二

一天都有看望者，上午关院长来告辞，下午有斯群、刘俊、杨正润。关院长是个典型的外语癖，一见妈就好谈他学外语的经历。他爸是在邮电局上班的，他上的是教会学校。1925年邮电局被夺权，说他们是洋奴教育。他本想继承父业却学了医，并且听一表兄推荐学了德医。但事后才知专业很窄。留学回国，新中国成立初期学了五个星期俄文。谈到这儿，他举例说明俄文、德文、英语的区别。他听说我学过俄文，就欲和我对话，我早忘光了，只好应付。乘此机会为他画一幅肖像，不大容易，他有点像集中营里的老囚犯。我送他出去时他仍一路和我聊。我请他签字，他喜欢我的画，留下地址让我寄复印件。

贝特荪的《伟大的时刻》、马修·约瑟夫森的《司汤达传》使我得到力量。我还是可以回到自己时时营造的充实的精神世界中，在那里我永远是个幸福者。

小苡睡下，我继续看书。《伟大的时刻》描写的是一个地下德国革命者追求理想的斗争生活，我才了解到，妈妈这个译本的由来，和我见过的贝特荪先生战斗的一生很相似。他家很穷，并没进过什么大学，他完全自学成才，很年轻时就开始用笔来揭露不平等、不公正的社会。走上文坛的第一天他就属于左翼作家，在希特勒上台后的白色恐怖中，他始终坚持组织作家们写作。直到一次在英国开会时被通知受到通缉，才开始流亡生涯。他的代表作是长篇小说《我们的街》。他的作品被翻成了多种文字出版，有过将书稿藏入蛋糕越过边境的经历。法西斯的独裁统治和战争并没有使他一天停止过文学创作，这才是真正的有人类责任感的作家！我发现20世纪50年代妈妈的文笔与现在大不一样，那时有着鲜明的时代感和健康向上的精神。这些年妈妈的文字记录老矣，死矣的，太多了。不晓得这是否和年龄有关。我细细体会他们前辈的东西，目的是扬长避短，使自己做得更好。

2000年8月23日　星期三　晴

难得在陪床间隙能够如此安静地读书，我很欣慰。

小石与清洁女工汤发生口角而大哭，下午病友的儿媳来时她又哭诉。我和妈都担心由于她的仗势会炒汤的鱿鱼。汤有一个读大专的女儿，她从早到晚干粗活，挣钱不易。她曾伺候过爸爸。前时买了一件降价连衣裙。

妈妈早上做了腹腔B超，傍晚洗澡，她真的快要恢复了。然而我何时回京仍举棋不定。

2000年8月24日　星期四　晴

已经连续几日早晨6点醒来，也不再睡了，起身去做事，感到浑身清爽。首先开门让新鲜的空气进来，然后给两只小鸟换水、喂食。院子窗下杜鹃花的叶丛经过夜里雨淋，正呈现一片诱人的润绿。我当然知道在这片绿色的庇护下，亲爱的爸爸正静静地安息在此。他悄然无声地已经在地下17个月了。我曾突发奇想，要把爸爸撒在瓯江、撒在纽约和将撒在塞纳河的骨灰都捡回来，重新粘合成一个爸爸，让他回到我们身边，重新成为这个家的长者。一旦清醒意识到这是绝不可能时，便是一阵心碎。

院子里所有的花木都和他生前一样，滋生或败落。因楼上邻居的意见，锯短的枝条又长高许多，蚊虫照样会叮浇花的姐姐，从叶缝中投下的阳光照样天天晒干晾成一长串的衣裳。只是铁门边的老车棚里堆放的一摞摞装修后淘汰的书报，那是爸爸积攒下的。有外国挂历，《今日温州》和其他杂志，倘若他在，是不会丢弃的。

我这些天每天早晨都会在这再熟悉不过的小院里活动，迎接新的一天开始。妈在医院，姐姐在睡觉，我只身单影的，因为没有了在一边比画动作、摆动腿脚的老爸。

妈下午连续在门诊大楼检查，先看眼，查出白内障严重；还去配了一副老花镜，算是我送的生日礼物；最后又掏了耳朵。她得意极了，走了那么长的一段路，一点也不觉得累。

赵苏、利华来得较迟，我们四人说笑一阵，赵苏便带妈去做心电图。妈妈介绍他看盛中华的书。之后我们去看向伯伯，他明天出院，午后已来向妈妈辞行。

2000 年 8 月 25 日　星期五　晴

韩曦突然冒出来，笑说在北京找我竟打了一周电话。约好九点半和她一起去看妈妈。

韩今日穿一身浅蓝色薄套裙，高跟凉鞋，长发的束带也是蓝色的。她晒黑了，告诉妈她这次赴京探夫的经历，她极速度地置了一套家具和电器，但丈夫太忙，他们只在一起度过一个周末。这个本可以在南大中文系当副主任的男人如今在京城闯荡，妈妈说写成文章，就不亏了。韩说他每天写日记，大概有这个计划，我说搞文学的就这点赚，任何苦难都不会白搭。

以下是妈妈对韩曦说的一段往事，我当时听了就觉得很有意思，现追记如下：我是第一次享受公费医疗，20 世纪 50 年代住过两次医院都是自费的……

2000 年 8 月 26 日　星期六　晴向雨

又冒出一人，几十年未见，是罗家的长女罗茜。当时我正给关院长打电话核对地址，院外有人大呼小叫，我没在意。后来越听越像是冲我家喊的，才探出头看见了铁栅栏门外的她。

这个在重庆柏溪长大的原中央大学教授罗根泽的长女，见到妈妈自然兴致勃勃地回忆旧事。

晚上，如约拨通关院长电话，从九点至十点，他滔滔不绝和我谈他的人生经历，从 1911 年至现在，要不是我打住，劝他休息，他还想讲下去。于是我增加了四页多稿纸的素材，这是一位经历了国民革命、抗日留美、抗美援朝、“文革”的名医生的漫长岁月。

2000 年 8 月 27 日　星期日　晴

与佩莹约好，今天上午把去年爸爸的追思会选的照片放回相册中。因为当时是我和她一起做的。小红刚从老家回来，她比较年轻，爬上壁橱拿出了这卷照片。

又发现两包爸爸的手稿。一大摞信件继续放在壁橱，也不知猴年马月能再来清理。爸的事无形中全压在我一人肩上，我知道爸对我最放心，可我又能做完多少呢？我最希望建立爸妈故居纪念馆，永远保存他们的纪念物，教育后人，但看来这个愿望很渺茫。

2000 年 8 月 28 日　星期一　晴

赶到医院差五分九点，妈已从电梯中走出来。今天她查二维心脏 B 超。第一次从图像中看到妈的心脏跳动。回房的电梯上遇见南京的陈副市长，他来养病，妈显得激动好奇。

2000 年 8 月 29 日　星期二　晴

病友石老太太的儿子、儿媳出现，也议论医疗改革。因为老太太也在嘀咕，据说好多老干部都心神不定。但我更注意听他们回忆青年时代，“文革”时他们都才十几岁，下乡到艰苦的盐城现已当上胸外科主任的儿子说，那时就想吃一个白面馒头。现任副院长的儿媳那年才 14 岁，已挑很重的担子。他们都是“文革”后自学考上研究生的，现在女儿在读博士。

今天还了解到石老太太原来是新四军，肩上还有日本鬼子的枪眼。我不禁肃然起敬，但是妈听见她对改革一席话，这令妈妈重复了好几遍。

2000 年 8 月 30 日　星期三　晴转阴　傍晚大雨

顺利买到 5 号的 66 次硬卧票。

妈已在我到以前理了发，清清爽爽的像个中年女人。她正和利华聊天，假如利华不说走，她会一直说下去的。

2000 年 9 月 1 日　星期五　晴

妈出院。

2000 年 9 月 4 日　星期一　晴

妈在小苡去看病后想与我说说话，她找出了几样认为我会欣赏的玩意儿，有凡·代克的酒壶，莱比锡的胡椒壶，还有小碟、画盘。我想自己新房间的装饰中又增添了好看的东西。

下午四点去凤凰台文化宾馆译林出版社向张祖德先生交了爸爸译的弥尔顿的《欢乐颂》与《沉思颂》。出来在水果超市采购了 150 元的食品。冒大太阳负重回家，想走前为妈妈、姐姐再多做一些事。

2000 年 9 月 5 日　星期二　闷热

今天离开，一天下来事情很多。上午才把箱子找出……

东西整理到下午，该带的都装上了，妈自然又添这添那的。

和妈分别总是很难受的，我靠靠她软软的脸颊，看得出她在控制自己，关门前有意转过身，我忍住不哭。人为什么总要经受这种痛苦呢？我希望妈保重，不要前功尽弃。她说希望我下一次来别又上医院。

2015 年 4 月 28 日初稿

2015 年 5 月修正

赐予我生命之地——重庆

小孩子的足迹是由大人决定的。

我双亲的丰富经历使我的童年有幸获得的故地，一是出生地四川，一是欧洲。长大了才懂得，不是所有的人都能返回故土，那些难以忘怀的人情美景，总是挥之不去又无法重现。更何况是遥远的异邦他乡呢！比如艾芜先生曾三次南行，跨度56年，也不都是同一路线，至少境外的泰国仰光，他再没去过。

历数其障碍能凑一百条：打仗了、病倒了、被劫、生无分文。也许是情变，或缘绝……任何一条都能断了一个人的回乡之路。现代人的疯狂拆迁，一夜间能把几代人生息的家园变成一堆瓦砾。于是有了瓦砾下的故事。

我祖籍浙江温州，却和许许多多在抗日战争中出生的孩子一样生于中国的西南。我的父辈是在一种极为特殊的环境中完成学业的，然后娶妻生子。我出生在重庆南郊，母亲分娩于沙磁医院。据说它后来并未被拆掉，对此我总是半信半疑。我不知道自己在母亲腹中是否也经历过日机的狂轰滥炸，每当空袭，重庆城楼都会挂起灯笼警报。父亲说可以很清楚地看见血红的太阳旗，魔鬼般的凄厉声响后，便是黑烟高扬，火光冲天。年幼的姐姐被父亲，也许是舅舅牵着，和教授、学生以及市民跑出城外。我刚满 4 个月时，日本鬼子投降了。双亲都曾在抗战胜利 50 周年撰文，我也总算在那年有了第一次回天府之国的机会。可是动身前我竟鬼使神差地退掉了机票，理由是赶上西藏自治区庆祝大典，好心的朋友劝我免动为安。

渐渐地，1945 年生育我的重庆变成一个梦。一个丝毫没有印象、丝毫没有记忆的地方，一个只能靠长辈断断续续回忆以及自己遐想的地方，一个只能在书本中、影视里见过的雾都山城，思念她又觉生分。

然而它的称谓却永远印在打了钢印的护照上。

贵人来

机会终于来了。

这是我在中国现代文学馆一次文学聚会上撞上的，帮我圆梦的贵人是秋歌文化公司。

“请问杨秋平先生的贵公司在哪？”

“重庆。”

“哦，重庆，那可是我的出生地！”

“赵老师多久没回去了？”

“一岁半后就没回去过。”

“这么久啦？那你想不想回去看看啊？”

“想啊，明年我都七十啦！”

飞往重庆

2015 年 4 月 4 日　星期六　多云

北京可以穿毛衣和外套，据说重庆只需穿单衣。

幸亏下午飞，出发前我的事儿太多了。

姜司机接我后再去接鸫儿，在太阳宫国际村外等了十分钟，去机场的路今天极堵，让我们有点紧张，鸫儿说赶不上就坐下一航班。

在起飞一刻，我画了赴重庆的第一张画《记录腾空瞬间》，并记下 2015 年 4 月 4 日下午 2 点 10 分，CA439。

第二张画机舱里打盹的旅客，包括睡得颠颠倒倒的鸫儿。

一路写一路画，人并不觉得累。

下午 4 点 20 分广播响起，飞机将下降重庆，地面气温果然 30°。

此刻已可见重庆市地貌，绿地、房舍……

落地了！看表 4 点 42 分。广播提示已到达江北国际机场，还要滑行一段，感谢云云，Good day!

等出舱好一会儿，站在窄窄的过道慢慢移动。潮热扑面，大衣反正只能抱在手上了。在接驳车上拍了几张，只因已身处重庆。走进比北京首都机场航站楼小得多的候机楼，取到行李后，便去出口寻找接机人。

第一个看见面熟的晓容，没想到还有两个女孩，都是美女级别。这时满面笑容的亲戚黄国英出现，按辈分他是黄家的侄子，能看出广西特征，还有他大哥黄国诚。一路上身边叫王翔宇的女孩向我介绍情况，原来她家在哈尔滨，考大学来此地就留下了，怪不得普通话讲得这么好。她说重庆机场在市区，并不在江北，都在渝北区，原来的江北机场名称就延续下来。重庆是山城，地势复杂，造轻轨并不像北京那么容易，车窗外可见高高林立的桥柱。但她遗憾这里建设的和全国雷同。沿路一段段覆盖绿丛的石壁，这倒是山城特殊一景。见天空一片暖色，我问是雾还是霾，她说是雾。

车路约半小时抵达金科大酒店，它在本市北部新区黄山大道上。酒店很大，相当考究，我住731客房，鸫住733房。两个女孩送我入住，我马上开箱将书和画册送给她们。她们叫我歇会儿换换衣服就在酒店用餐。我也真热坏了，满脸是汗，厚衣服几乎全部换掉。在一楼餐厅，才知今天开车的女孩是杨总，大名杨陈渝。一件短袖T恤，有股英气。

这是顿豪华晚宴，并不适合我。最好吃的是蚕豆，也有辣味。

席间话题很多很广，王翔宇原来是副总经理，负责法律事务，她本来就学法学。她讲了近日为我此行探了路，我要去的地方基本都找到了，小龙坎在，罗家伦房子没了，重庆大学里有松林坡，北碚有梁实秋故居，但是柏溪施工封路了。以上都是我妈点过的位置，她和我爸的青春足迹留在了那里。

因鸫儿拍的电影刚杀青，席间还聊了很多电影的事。大家都说明年一定捧场去看《三打白骨精》。又交流各自看过的电影和电视剧，他们没想到我这把年纪看过的还真不少。

认真的王翔宇列出明天日程，为了方便，上午先去沙磁医院，再到沙坪坝、南开中学。下午去松林坡中央大学旧址。

国诚他儿子、儿媳和孙女也来到席上。小姑娘三岁，一双大眼睛，很乖。小夫妻曾在日本留学居住，至今仍用日文谋生。在鸫儿的提议下，各自扫了微信，添加了新朋友。大家说我很潮，会开车，会用电脑。

席散，女孩们又送我们回客房，约好明天九点大堂见。我赶紧给手机充电，准备明天的画本和笔。然后给妈打电话报平安。

起飞前曾迅速发微信给一批朋友，报告我今天的行踪，并致清明问候。这下好了，哗哗地都给我回复了，祝贺我生日。这个生日对于我真是有意义，最大的意义是今年是“二战”胜利70周年，我终于回到出生地了，历经70年沧桑，重返儿时故土。作为第一个回到四川盆地的赵家人，怎不感慨万千，写到这，撩开半透明窗帘，楼群灯火依稀暗淡，山城进入子夜了。

七十年前我出生在这儿

沙坪坝，我现在可以理直气壮地说，我看清你的模样了！

70年前当我睁大眼睛，第一眼见到的应该是俯身细瞧我的助产医生李淑云，是她颇费周折地接生了我这个满身血污的女婴，让妈在难产中痛得死去活来。

而我一定瞧见了产房里的天花板，听见了屋顶的落雨声。不知那天是否应验了“清明时节雨纷纷”，沙磁医院门外窄窄的街市不会像70年后这样拥堵吧？

2015年4月5日　星期天　重庆夜雨后气温骤降

翔宇用微信提醒我多穿衣服，作为寿星，我特地穿了黑底小花中袖连衣裙，灰色开衫线衣。尽管出发前穿了较厚的袜子，还是觉得凉。

今天第一站是我降生的沙磁医院。陪同的王翔宇、杨陈渝，还有一个90后男孩向小洋负责全程摄影。路上我提醒他拍点录像，他很领会，认真拍起来。

酒店到肿瘤医院开车12.93公里。

车上坡过了桥。

石门大桥一过便是通往肿瘤医院的方向。桥下是嘉陵江，江面上可见几只船。穿过一条道，绕上面又是桥。拐弯之后是坡路。

终于见到了肿瘤医院院牌，是用繁体写的，让我很意外。

主楼一看便是后来盖的，没有丝毫历史痕迹。右侧有几幢旧房也是20世纪70年代建的，让我颇感失望。主楼大门内左侧有咨询处，两个穿白衣的女士在值班，翔宇打听纪念碑，胖的说确有原沙磁医院碑。几人便开始围楼寻找，想象中会和南京国立编译馆那样。可绕了一大圈，不见一点影儿，向这里出出进进的人打听，也都一无所知。

向小洋一直在跟随拍摄，闲聊中得知他是重庆石柱县人。他的谈吐不像这月才满20岁的90后，不少我知道的，他也能搭上话。

寻找碑的愿望只好作罢，有个院庆历史展，周末又闭馆。

沿江过去是磁器口，我哪儿都陌生。沿途是滨江路，反正不熟，随他们带我走。

不知谁说起一个重庆好玩的风俗，说重庆人喜欢坐江边打麻将。将麻将桌摆在水面上，把双脚泡在江水里，如此纳凉，绝了！

磁器口是江边小镇，其实是个集市，高高低低、弯弯曲曲的石板路，两边店铺林立。随行的年轻人说这里茶馆很多，可以想象当年的妈妈和同学到这里喝茶谈天说地。可电话中妈妈说“你去磁器口啦？那与你出生毫无关系！”这我当然知道，我只是来体会川渝文化的。身居熙熙攘攘的人流中，东看西看，目不暇接，单说小吃，各式叫不上名的，人们边逛边吃，最有意思的是一对对年轻情侣合吃、对吃，那股纯纯的爱意让人看了就感动。翔宇买了装在小纸袋的糍粑给大家，热热的、软软的，好香。

在一个老太太的摊位上，假花真花挂满货架上。我和翔宇各选了自己喜欢的，我还给去停车的杨陈渝买了一个。往下我们就戴着花环逛，小洋抓拍下这份开心的画面。

小街尽头便是嘉陵江边。一行人在江畔用午餐。围坐在铺着透明塑料布的大圆桌旁，背靠藤椅，点了豆腐、蚕豆、豆豉排骨、鸡、辣土豆丝，还有鱼。饭前我勾了一张江上速写，江面船只或停泊或行驶，远眺横跨江心的扇形大桥，被层层葱绿簇拥。怕大家等我，涂色是饭后补的。杨陈渝坐在我对面，头戴花环，样子很美，忍不住又画了一张。熟了，才知她的小名叫鱼妹。

松林坡和津南村

下午一行人去重庆大学A区，地点松林坡，原中央大学旧址。妈在电话中说坡上是女生宿舍，坡下是男生宿舍，还有教师生活区。经汉渝路交叉口，仍属沙坪坝区。这才知重庆有九个区。左转调头向西北方向，小洋下车问路，门就在附近（沙中路上）。

走过街桥去南门，这属于A区校园。一路打听松林坡和七七礼堂，可一问三不知。满眼是90后大学生，不告诉他们那段历史，人家如何晓得？

这时走来一位女生，她终于知道我们问的是哪，她说拐过去下坡，朝江边走即是。

走了一会又遇到一位男生，我们再次问路确认，他又指一遍路，和那女孩说的一致。

偌大的校园，绿木成行，学生稀稀落落，正值清明假期。

妈妈曾在这里上过学，从1942年至1944年毕业，这是她第二次大学校园生活。无法判断哪条道哪棵树下有她的足迹，她曾有过一张戴方帽的学位照片，我见过的，可惜后来爸因恐惧烧掉了。

1938年周恩来和中大知名人士的演讲旧址，是一个庞大的礼堂。这是王翔宇查到的旧址，他们为我此行事先做了很多功课。“七七”顾名思义该是纪念“七七”抗战吧。

七七礼堂保留木门和木窗，旧貌依存，破损不堪。我扒门缝往里瞧，只觉得礼堂内很大、很高，能瞥见对面那扇门缝透进的光。他们几个也学我扒着看，这时鸫儿过来用手轻推门板，奇迹发生了，这扇门竟然是开着的，它根本没锁！众人大笑。

于是大家纷纷涌进了这个极具历史意义的大礼堂，像寻宝猎奇一样四处转悠。舞台、后台，化妆间分男宾、女宾。台下本该是观众席，早已不复存在，眼前只是堆积如山的道具桌椅，木材已发霉。无论当年怎样名噪一时，都如这些残木碎片一样席卷而去！

翔宇帮我捡了一块浅色墙石作纪念。

出了礼堂刚好碰见一位老婆婆路过，杨陈渝用重庆话和她对话，她说自己90岁了，曾在礼堂里打扫卫生，看房子。她家就在附近，我没听清那是什么地点。我想引她回忆中央大学的情况，她说不记得了。问她知不知道松林坡有女生宿舍，她含含糊糊，那年她多大，应该有印象的。邀她合影，她很拘束谦卑，连说“我怎能和老师照相?”天这样冷，她的棉衣却很单薄。她可算是唯一的历史见证人了。

三点将近一刻，一行人走到民主湖畔，大家拥着我到中央倚栏合影。这是妈告诉的我出生的时刻，身旁的鸫儿亲我的面颊，大家齐喊“生日快乐！”我的热泪不禁夺眶而出。

一株横着树干的大树偎在湖边，鸫儿让我爬上离地约一米的老树干上，我上不去，他抱我上树。“好有爱啊！”年轻伙伴们惊道，鸫儿说了一句：“妈妈好轻！”

离开重庆大学校园，到小超市给王翔宇买了长筒袜。她没拒绝当即就套上，足见这个女孩这一路有多冷！

南开中学校牌很快找到，见有停车场，但智能卡导向失灵，鸫儿下车去问，却没人值班。只好绕到另一个大门，其实那才是正门。我们已进入闹区，七拐八拐，五根黑色大理石面金色字石柱突然呈现在对街。一行人下车过天桥，走进大门，正面竖立着毛主席全身雕像。深入校园在一处树荫下又见南开大学校长张伯苓的雕像，他长袍短褂，手捧着书，细边眼镜后目光深邃。再往前走便是用铁栏杆隔开了的平房区了。这是我除了沙磁医院之外最想要寻找的地方，名叫津南村。顾名思义，这是天津南开因战争原因迁徙大西南的象征。第一栋修缮完好的6号则是张伯苓的故居，标有的纪念牌明示此处另有诸多意义。

可是我想找的2号又在哪儿呢？几个年轻人分头帮我在房群间一栋一栋查看，这时我的心提到嗓子眼儿，期待，还是失望，混杂在一起。时空顷刻间就要倒回70年，那个四月天，一个新生女婴出院了，被妈双手捧着，在外婆的指挥下轻轻摆在饭桌上。众目睽睽，目光犀利，审视如同对付动物园里的一只小兽。

不知是谁叫了一声："在这里！"我闻声而去，在平房区最后一排，偏中间一栋的门牌上，分明印着津南村2号！

这是姨妈就职南开中学的宿舍，1944年至1946年，从沦陷的天津逃难来的外婆和她，这时已从小龙坎搬到了这里。我妈待产、分娩和坐月子也是在这。也就是说这是我降生于世的第二住处。

然而这一切，对于我本人，是一片空白。即便那天我妈的三位西南联大的同学来看我时，我还在襁褓中睡得香甜。其中一位诗人将他在路上摘的一朵野花放到了我手心里，我照样睡。这如同画面一般的情景，妈妈反复说了好多年。

津南村2号保存了原样，难得，我妈看了我用手机发送的照片后这样肯定地说。

南开中学保留了治学为上的传统风范，校园树木葱茏，鲜黄翠绿，流水潺潺，静谧而美好，这真是一个读书求知的世外桃源！

最后一站是小龙坎。进入正街，见有标牌。入隧道，出来右转，前方200米再右转就是小龙坎一带。可惜原中央大学罗家仑校长居住的丁家花园早已不见踪影，也就是说我外婆一家曾作为房客住的旧址已无从寻到了，那是我妈当年到重庆落脚的第一站。

我说车也别停了，反正满眼是高楼林立，时过境迁，你又奈何，我今天已很满足了。

今晚“秋歌”的员工和哥们儿要为我举办生日晚宴，他们的杨总将出席。在金牛包间里，黄家亲戚也应邀来了，下午和我们汇合在重庆大学的鸫儿助理王建楠和女友也被请来。意外的是一见面他递给我一个大红色小盒，打开是一对金耳环。太昂贵了啊，实在过意不去，可人家说买得太老气了，没想到阿姨这么年轻！

席间妈打来电话警告我不要去柏溪，会有山体滑坡和泥石流。还说那里是荒郊野岭，“什么都没有，不值得去。别看你爸写得那么好”，她叮嘱说。

在座的翔宇承认他们探路去过的柏溪，确实路不好走，是因为修路过不去。她表示很抱歉，我已感动得不行了。但是绝没有泥石流，她说你想想过了70年，城市发展这么快。而我妈的记忆还停留在20世纪40年代。

餐桌转盘不停地将重庆风味的佳肴送到我面前，我谨慎地只夹了几口。我重申了此行的目的，感谢贵人相助圆了自己多年的心愿。真想念一段爸爸的书中描写柏溪艰苦生活的片段给在座的各位听。

吃得差不多时，灯忽然灭了，黄国英的侄孙女在她妈妈的搀扶下端着一个大蛋糕进来，烛光闪闪，映红了可爱的小天使的脸颊。这太意外了，让我既感动又措手不及，赶紧俯身接过蛋糕，亲亲小女孩的脸，褪下红色相思豆手镯送给她，然后，还和鸫儿一起吹灭了蜡烛。

北碚和兼善中学

2015 年 4 月 6 日　星期一　重庆雨

鱼妹一早发来微信说今天气温更低，要多加衣服。穿上新买的高领衫再合适不过，又换上保暖裤，不会再冷了。

一上车我就问从酒店到北碚有多少公里，开车的小乐说 20 多公里。经过长长的种植桉树的道路，我请小洋开始拍录像。

又经过长长的隧道，我问是从江底走吗？晓容说是从地下，这里山多。

北碚 500 米路标，已赫然在目！

北碚分老城区和新城区，国立编译馆应该在老城区。馆长梁实秋故居就在附近。这是一栋古典风格的建筑，园子不大，后窗紧挨外墙。总共只有两间展室和一间主人的书房，一株黄桷老树伴在石阶下。这个雨天假期没别的观众，只有我们在展厅浏览。梁先生的生平成就，两度婚姻，发妻姓程，长辈联姻，夫妻恩爱，生有子女。赴美度蜜月中程受伤，回台病逝，令梁伤心不已。后又娶姓韩的演员，因而梁墓地有两处，美国一处，台湾一处。展橱里有梁写给韩的家书，称她为“小娃”。展品中笔墨多是以“雅舍”为名写下的书和他耗尽终生翻译的《莎士比亚全集》，《奥赛罗》《李尔王》等原版书让我喜爱。展中甚至还有梁鲁论战的有关资料，偏偏没有国立编译馆的任何档案，这就无法寻到杨宪益戴乃迭夫妇和梁实秋曾为同事同行关系的内容，国立编译馆的旧址更无从谈起了。梁实秋曾担任重庆和台北的两任馆长，理应留存蛛丝马迹。我们也问了传达室那个看门师傅，他完全听不懂我们的诉求。

雨大起来，驱车去找国立编译馆吗？和雨雾一样茫茫。

车开在北碚主城区，左转，再继续行驶一公里。先是“前方 500 米”，接着是“前方 200 米”，到达了他们说的著名北碚红楼，它紧挨着北碚公园。正在修后门，堆着土，禁止入内。

去找另一个门，他们告诉我公园内有卢作孚的墓地。他是当年帮助从武汉迁徙到渝的一家民生公司的老板。

拾阶而上，高处屹立一栋红楼，现为北碚艺术馆，也因放假闭馆。简介上称它是“北碚历史文化标志性建筑，由我国著名爱国实业家、北碚的开拓者卢作孚先生于一九三二年亲自主持修建”。奠基石立于中华民国二十二年七月一日。

往下的文字足够让我激动：“建筑之初为私立兼善中学。一九三九年抗战期间中学搬迁，中央银行、蒋介石下榻、华莱士副总统在此观看过嘉陵江的滑翔机表演。一九四六年合并为北碚图书馆，直至解放。二零零九年定为市级文物单位，二零一三年五月为全国文物单位。”

原来这栋建筑竟然就是妈妈教书的学校的前身！

小洋问：“你母亲在兼善中学教书是在哪年？”我说：“1944 年。怀我时，等于我在我妈肚子里时就在这所学校里。后来肚子显了，校长解聘了我妈，我妈说辞退的原因还有她参演了进步话剧《日出》。”

小洋说地址早迁了，搬到毛背沱了，应该在那，不远，可以去。

雨更大了，我们放弃入园。先去找地方用午餐，在龙凤路上挑了一家古园野生菌养生馆，小小的，简单的，反而合我口味。

去兼善中学的沿途有法国树行，但不是梧桐，他们说也是卢先生从法国移植而来。路上还见到复旦大学旧址校牌，想当年有多少名校迁来此地，以躲避战火，中华英才知识的火种得以保存。

很快，汽车右转进入磁峡路，开到毛背沱。

只见一扇白色大门，立有大理石校牌：兼善中学。走进校门，面向南，对街那头青山云雾缭绕。手机上显示：北纬 29°49′，东经 106°26′32″。

这所从北碚迁移过来的中学有两栋楼房，米色前楼，楼前立有校训："穷则独善其身，达则兼善天下。"后楼红色横纹砖墙，也是作孚楼，两条标语从楼檐垂下。楼旁是卢作孚塑像，座台标明（1893. 4—1952. 2）。

一行人步入后楼，前窗可眺望云山，后窗可见江水，细流转入江面。河畔栽有四季豆，雨中水波荡漾。

二层是高二教室和高二办公室。和重庆许多地方一样，这楼道也是又宽又高。我想象自己也是兼善中学高二的女生，在教室门前留影。

走出校门，和校牌再留影，绿荫挡住了题字者。

替爸爸"梦回柏溪"

从北碚到柏溪有 30 公里，西北方向，开车的小乐说更偏北一点。时值下午 2 点，开了 20 分钟我们进入隧道，极长的隧道。出隧道进入了山区，两边绿荫覆盖，可远望到轻轨架桥。道变窄了，车旁不时开过载物大货车，雾多的路段立有警示牌。这是礼嘉和三溪口的交叉口，能见到沙坪坝和三溪口路牌，还有"朝右侧下方行走"的路牌。

这时稍停的雨又大起来，及时出现的是提醒谨慎开车、保持车距的警示牌。3 点 40 分，路边又见“前方施工”的警示牌。礼嘉出口向右有“莫让亲人泪成河”的宣传标语，足见此地路况有一定危险。想起老妈的提醒并不多余。

我们接着向礼嘉镇方向驶去，雨住。转眼进入一片修整如新的新园区，右转，七百米进入匝道。经过环岛，经过第一第二第三出口，驶出环岛，进入金通大道，路况变得极佳。同伴们说这是正开发的工业园区。

又开始下雨了，晓蓉看着车窗外说。雨刷又启动了。调头，又进入隧道，这回距离很短，隧道口可见远方的尖圆形山丘轮廓模糊。前方 400 米又调头，到了九曲河，紧挨着白色轻轨高架桥。

晓蓉说到柏溪了，可是横在面前的是一个大门紧闭的污水处理厂。自然不能再往前开车了，大家都跳下了车。询问了一下，看门人往右指指厂子后面，那一片完全是山村景象的地方。

雨后湿滑，何况是羊肠小道。绕到厂子后，要经过一条小河方能到对面的山林，木桥下水流潺潺。晓蓉怕我摔倒，执意搀着我走。这是一段并不远却相当泥泞曲折的路，高高低低，不时遇到陡坡，需抓住无论什么可依靠的物件，有时我只得抓一把野草。好容易挨到栽满小榕树的林间，树须垂挂，加之一段石板路，好似一下子进入了世外桃源。

几声狗吠打破寂静，闻声往远处一看，两只黑白相间中型狗正冲着我们欲挣脱锁链。小房子里走出一个皮肤黝黑穿制服的男人，叼着烟。小乐上前打听此处有没有原中央大学遗址，他不带一点犹豫地回答有，指指房子那头一条上坡的小道。他口音太重，我没听大懂，就随大家往前探路。又是林中道，刚走一会，发现那个男人尾随而来。我不知道他是好奇还是觉得我们找不到，反正机会来了。我凑近和他攀谈起来，我告诉他：“我的父亲曾经在柏溪教过书，他已去世 16 年了。今天我带着他的书来此纪念他，希望你能告诉我当初的中央大学具体在什么位置。”

他大概听懂了，这回指得很肯定，就在距离脚下约500米的山峦苍翠之中。年轻人马上都看到了：“在那，就在那！”他们叫道，“还有一个人呢”，他们又说。

可我什么也没看到。小乐和鸫儿只好将他们的手机屏幕放大再放大，好让我看清那间老屋和那个人。我睁大眼睛使劲看，有个东西的确在走动，是那个人的白帽子吧？那个黑色的呢，肯定是那间房了。房子、人，一切都隐在万木花丛之中。因为施工，我们无法走近。

我问看林人，听说还有个中大的纪念牌，还在吗？那男人说有，建厂子时给扔了。“那人是看房的，政府给开工资”，他又说。

接下来按事先的想法，我要在《离乱弦歌忆旧游》的发生地，以烧掉这本遗著的方式祭奠天上的爸爸。我的诚心大概感动了看林人，在这严禁烟火之地，他竟然默许了。

将特意带来的书翻到第174页《梦回柏溪》，我念了其中一段：

那时生活清苦，起居条件差得很。我们住的宿舍的墙是竹子编的，外边涂上一层泥；没有玻璃窗，只有土纸糊的木框架。生活是艰苦的，景荣、张健和我三人有时分抽一包从重庆带来的上等香烟。那时我们每个人都有个小火炉，买些木炭烧着取暖，度过重庆冬天多雾气的严寒。大家又找来洋铁罐（比如名牌SW咖啡扁圆形的罐），上边挖几个小孔，插进灯芯，倒满菜油，再弄个铁架子放在罐上，架子上摆着搪瓷杯子，火一点，就可烧开水，泡茶喝，或者煮东西吃了。就在这样的境况里，在“炉火峥嵘岂自暖，香灯寂寞亦多情”这样的诗句所描绘的心态中，我们教书，读书，翻译，研究，大家愉快地努力工作着。

此刻书已工整地摆在石板上，这是林中小道的尽头。不知何时起，雨停了。远望着爸爸工作过的大学遗址，我哽咽地说："爸，我来柏溪了，这里是孕育我生命的地方，谢谢爸爸、妈妈！您的《红与黑》中译本在这里诞生，我们还保存着1944年原版书。这是您的遗著，出版时您已离开我们。今天我把它带来了！"

鸫儿借来了打火机，几个年轻人和我们一起开始撕书页。火一接触纸，瞬间点燃。红红的火苗蹿起来了，越烧越旺，书页在火焰中被曲卷，被吞噬，一页一页地化为灰烬……

就在这一刻，雨突地哗哗下来，让所有在场的人惊讶不已。

莫非老爸真的看到了，一向在乎著书立说的老爸得到了宽慰！

写到这，不能不公布一封旧信，写信人是我爸在柏溪的同事、也是我妈的同班同学吴景荣用英文写的。我爸晚年将其翻译成中文。这封信可以从一个侧面了解我们刚诞生四年的小家，那最初的颠簸，那未来成就的雏形，那些充满不定数又苦中有乐的情状：

赵太太：

阿虹明天要去沙坪坝了。他说你就要到这儿了，想到你不日将出现在久违的柏溪，颇觉欣慰。我已存了一点钱，特地用来招待你喝鸡汤吃红烧肉。我过得像个老爷，每天跟裘连·张、阿虹和其他几位同事出去吃饭。这儿有一家很不错的饭店，才开张的。柏溪只要再开一个咖啡馆就完全现代化了。

阿虹在这里很有名气。他的天赋和勤奋已使他自己成了个出色的人物，这么说吧，在学生小子眼中，他是个英雄了。同他散步，我真高兴得无以言说。他总是扯他天真的故事，而我则开他几个不伤大雅的玩笑。我的学生已正式邀请阿虹用英文作一次学术演讲，他也郑重地接受了这一邀请。他将在雷鸣般的掌声中登上讲台，言语流畅，现出令人激动的神情，然后他在听众一阵热烈的欢呼声中走下台来……

阿虹已宣布了演讲的题目，“翻译即叛徒”。这是一个精彩的题目；但想到他已经确立了作为一个翻译家的地位，这题目也许是个小小的讽刺吧。赵太太，但愿你不要错过这个机会，来分享将要倾泻在他身上的荣耀。这也就是我要催促你早点来的原因之一。

约翰 C. Y 吴

一九四五年五月二日于柏溪

1994 年吴景荣叔叔去世，享年 80 岁。5 年后他笔下的阿虹，我爸也走了。

而那个久远的 1945 年 5 月，我即将满月，我妈若是很快从娘家沙坪坝来柏溪，必是怀抱着我这个吃奶的娃娃来的。爸一个人的工资，养活三口人，日子可想而知会更加清苦。

我曾在一次和妈谈天后在日记里这样感叹：“现在我脑海里可以出现 20 世纪 40 年代双亲的生活画卷了，脉络基本清楚，爸在干什么，妈在干什么。这是抗战前后中国进步青年知识分子的历程，是我在生命的襁褓期发生的。无论怎样的崎岖，对于我，它永远是美的!”

见到了沙磁医院奠基石

2015 年 4 月 7 日　星期一　雨天继续　雾更浓

今天再访肿瘤医院，一是希望能找到原沙磁医院的纪念碑，二是想看到院史展览。

上午9点40分，当我们一行人步入肿瘤医院大厅时，三位陌生面孔的中青年迎上前，他们握我的手是那样热烈，我一时反应不过来。

原来早上杨总特地给医院打了招呼说我要去，不知他都说了些什么，人家当回事，派专人接待。我受宠若惊，觉得这样多不好，太打搅了。不过也幸亏有他们的接应，否则我很难看到这个院史展览，深入了解沙磁医院的历史。

这是一个为院庆举办的大型院史展览。在年轻的讲解员口齿流利的介绍下，我跟着走了一遍70年漫长的历史。肿瘤医院的前身沙磁医院于1943年建院，正值抗战最艰难时期，陪都重庆天天面临日本飞机的狂轰滥炸，成立一所中央级别的医院迫在眉睫。在国民政府领导下，民国三十二年十二月二十五日在重庆汉渝路181号成立了中央卫生实验院沙磁卫生试验区。展厅中我见到了当年的医院奠基纪念碑，因极其珍贵，现保存在医院档案室里，我只能看到玻璃橱里的仿真图片。

沙磁医院的首任院长是我国著名公共卫生学家陈志潜先生。奠基人还有我国公共卫生学家、近代卫生防疫事业的奠基人之一金善宝先生，著名教育家、天津南开大学、抗战时期的南开中学校长张伯苓先生，中国公共卫生事业先驱、时任中央卫生实验院院长朱章赓先生。

两年后，该院更名为重庆中央医院附属医院。这一年是1945年，我在这里出生了。次年9月，又改组为重庆大学医学院附属沙磁医院。

1952年10月，本院移交给西南军政委员会卫生部，更名为西南军政委员会卫生部沙磁医院。这是保持原名的最后一年，半年后更名为重庆第八人民医院。1984年改为以肿瘤为研究中心的专业机构，1987年正式挂牌肿瘤医院。从此开拓了一条既艰辛又荣耀之路。

院方最后赠我的大型画册——《医路》，序言《为生命续航》的开篇引用古语："夫医道者，以济世为良，以愈疾为善。儒家所谓'穷则独善其身，达则兼济天下'"。我非常赞同他们强调医院与民族共命运的胸怀。

画册第15页，我见到了一张占半页纸的老照片，照片里半个沙磁医院正门视角微斜，医院名字镶在坡顶的屋檐下。字上方是医院标志，圆形，看不清细节。三位年轻帅气穿白大褂的医生站在医院门口：一位紧靠台阶，戴眼镜系领带；一位离台阶一步远，两手在裤兜里，敞着的白大褂露出领带和灰色西装；另一位歪着身体操着手做稍息的动作，微敞的白大褂里是深色西装。他们身后即台阶两旁各栽一排树。

他们一定拯救过无数病人，包括被炸伤、烧伤的可怜平民。1945年清明节那天，他们照常忙碌着，我的降生如同许许多多战乱年月出生的小孩一样平常。

也许26岁的妈妈还见过他们中的哪一位。在她记忆里，沙磁医院的医生、护士对病人都好极了。后来他们是留在大陆还是去了台湾，我无从知晓。但我知道他们曾经是沙磁医院的医者，是今天肿瘤医院的前辈。他们个个都以救死扶伤为医者的天职！

雨还在下，主楼外因建楼施工显得格外拥堵。只见一辆救护车开进院子，匆匆跳下来两位护士直奔楼内。我问送我出门的院办程女士原委。她说她们是来接新生儿的，因为医院过去有妇产科，至今还保留十几个床位为产妇服务。我听了很感动。

再别重庆

离开沙磁医院我们前往市区，我祭拜了闻名天下的重庆渝东区大轰炸惨案遗址。又赶上闭馆，狭小展示厅四处摆放的那些放大了的尸横遍野、惨不忍睹的老照片，我们只能隔着玻璃看。几个年轻人又带我仰望了那尊建于1945年、后又添字改修的解放碑，它见证了中华儿女的苦难和不屈的抗敌精神。可惜昔日是尊黑色、庄严、肃穆的纪念碑，如今高塔上悬有商业广告，这倒和四周林立的商厦和时尚品牌契合了。重庆，我的第一故乡早已大踏步迈入新时代。最后，我在市区新华书店买了两张重庆地图，其中一张要带给喜爱地理的北京二年级小学生曹尔。

朝天门码头是以前在电影里看到江姐和蒲志高接头的地方，如今层层叠叠的石阶、熙熙攘攘的老码头已不复存在。他们有的说是淹没在水底里了，有的说拆掉了。反正眼前是崭新的江轮，平整的钢架结构的码头。坐了过江索道，几乎是一划而过，来不及多画几笔。江面上下笼罩在迷蒙的雨雾里，对岸浦江区耸立巍峨的“双子座”，只剩下浅浅的轮廓。

驱车回酒店，沿途掠过山城的街道，坡上坡下，店铺、植被、轻轨、新旧混杂的建筑、有名头有价值的以及普普通通却是祖辈赖以生存的屋舍。我感叹道，即使在这住上一个月，我还会不认东南西北的。

当晚的宴会更像一个家宴，地点在秋歌文化公司总部的一幢别墅里。几天来先后陪同我寻故、我称他们是孩子的人都到场了。大家围桌举杯攀谈，话题一个接着一个，如同一个亲密的大家庭。我已经能区别他们的特征了，不仅是相貌，更多的是他们的才干。他们的知识储备量让我刮目相看。我这样的古稀老人可以和他们对话，是我尚年轻呢，还是后生可畏？

席间，声音洪亮的杨总说这回你认识重庆了，以后随时再来。我还希望哪天让你重走一趟三峡，从重庆出发到南京，就像当年你爸爸、妈妈抱着你走的路线一样。

1946年8月，我们一家四口终于等到了船，要随中央大学迁往南京。动身前大人们的忙碌和艰难我全然不知，一岁半的我正打摆子，外婆说这孩子恐怕会死在半路上。

往下的旅程全都在江上度过，颠簸、炎热，爸妈还要照顾我和姐姐的吃喝拉撒睡。到了南京一时没有房子住，没有家具用，头几天一家人挤在学校的科技馆里凑合。

1949年我家添了小弟，然后孩子们渐渐长大，大人渐渐变老。

重庆这一别69年过去了，爸爸走了16年，妈妈也到了96岁高龄。我们家一个都没再回过重庆，直到我这个70岁的生日来临。

明天将辞别山城和年轻的朋友，此刻我的心已掀起依依不舍的波澜。

一个人的生命说她小就小，说她大就大，这完全在于自己怎样看待生命，怎样感恩赐予自己生命的一切。

再见重庆，再见赐予我生命的故乡！

2015年4月19日，完稿于北京谷雨前日

宝岛寻亲记

缘起

赵蘅老师：

您好！

我是黄绍强的朋友，我叫王清萍。

能结识您这位才女画家，是我清萍的荣幸。并得知您今年5月18日将来台湾高雄参加国际女画家联展活动，之后会于5月21日来台北参观和寻访已故亲戚的墓地。

绍强说您是第一次来台北，没什么朋友，拜托我关照关照您。没问题，能帮上您的忙，也是我的骄傲。

并预祝您台湾之旅顺利平安！高雄国际女画家联展活动圆满成功！皆大欢喜，您的大作美名全球！

王清萍

2013年5月8日于台北

明天如果不下雨（最近台北下雨），我去台北市大安瑞安街61巷1弄8号3楼马肇麟先生家（离我家很近），看看能否见到马肇麟先生，或者他的家人。如果没有见到马家人，那我再去台湾退伍军人辅导委员会查资料，再向你汇报。

我刚有跟台中朋友联络，请她帮忙。她明天会去找台中县丰原镇丰社路一五一巷一号，黄家。

王清萍
2013年5月12日于台北

今天晚上我有去马肇麟老先生家，接待我的是他的女婿。得知马老2002年11月在金华过世，到现在已经走了十多年了。

台中朋友今天也找到了黄再扬先生家。他老妈还在，跟他住一起。他们不愿意接待此次拜访，不想被打扰。明天我朋友再去找他们沟通，请他们提供黄健及黄公柄桐先辈墓地的具体位置。

王清萍
2013年5月14日于台北

朋友你好！我今天刚从莫斯科回国，才看到你的来信，非常感动你为我此行这样费心！每个人都有保护自己的权利，我也应该尊重人家。只要有墓园地址去祭拜一下，我已经很知足了。

我的赴台机票是明天上午十点，赴台证刚拿到。我是21号从高雄搭捷运傍晚到台北，我们见面详聊。

再次感谢！

赵蘅
2013年5月17日于北京

英传：

你好！今天获得我赴台寻故的一点信息如下：

黄健即我儿子傅鸫的亲爷爷，黄公柄桐为太祖父。二人系广西岑溪古太人，于1949年后赴台定居直至逝世。

目前我们只掌握以下信息：

一、黄健曾写信给同僚朋友邓健鹏先生，信封落款写有“台中县丰原镇丰社路一五一巷一号黄缄”（说明黄健一家在台住在这里）。

二、黄健二太太章倩萍（即赵蘅婆婆）于1990年12月13日给儿媳赵蘅写信中写了一个地址：“台北市大安瑞安街61巷1弄8号3楼马肇麟先生。”章倩萍曾托马先生寻找黄健的下落，这是马先生留给她的，还说欢迎她的儿子去他家做客。

三、马肇麟先生为寻找黄健，曾去台中县丰原镇丰社路一五一巷一号，见过黄健去台后娶妻所生之子黄再扬，他在公卖局工作，其弟在台南机场工作。

以上可否成为寻找黄健父子的线索，不得而知。以上所提各位是否健在或移地搬家都难说。

只是烦劳各位在台的朋友帮我分析、打听一二，以求本人此行寻故有所进展，不胜感激！

赵蘅

2013年春末初夏，我和完全不认识的湖南妹子王清萍开始了隔海的密集邮件（还不包括电话）。这些沟通对我第一次的台湾之行至关重要。动身前，我并不知道自己的运气将会怎样，我更不知道这次借画展机会寻亲的心愿是否是痴人说梦？

可以说，假如没有同学绍强的引荐，没有清萍把我的事真当回事儿，既找到了国军退伍老兵马肇麟的家，又双管齐下差朋友探了路，我就不能成事。她为我集合了近似接力棒式的人脉，超出我的想象！

查英传，是被誉为我国现代诗人旗手、翻译家查良铮的长子，他在大西洋彼岸也在为我遥控寻找线索。由他联络的在台北的两位女士，均有将军渊源的背景。两位大姐的出现，给我带来了更广阔更深远的视野及思考。

台湾海峡，我来了！

2013 年 5 月 18 日　星期六　北京雾霾天

前日还在莫斯科，今天又要赴台湾了。该反问自己：如此密集的空中旅行好不好？

刚接到 F 君打来的电话，他嚷嚷道："你不可以死在我前头！"昨晚儿子来了，三口聚餐，散后已八点多，上楼取 F 君帮印的《豆油灯》仿真品，我想带在身边妥当。

11 点 50 分才起飞，晚点了 1 小时 20 分钟。解释为跑道排队。

领登机牌时被告知窗口和靠过道的都没位置了，问第一排怎样？只好认了。找到位置后，行李架很高，踮脚几次都关不上门。

坐下，右侧是一个中年女人，将脚搭在杂志兜上休息。左侧是一位老者，一直在睡。

没想到几分钟后那个女人主动与我搭茬儿，本打算画画的念头泡汤了。

航班抵达香港。排队准备转机，提示牌上印有中英文的字样"请核对香港本地时间以便登机。"

草草画下地勤人员的白衫和深色长裤，束腰皮带和有领带的制服，记下各个岗位称谓的英文。

“请准备安检”的指示牌出现，安检女警官熟练地对旅客行李物件进行检查。

走了很长的通道，从30号一直走到523号。我很清楚，由此登机口出去的将是飞往台湾之路，不免感慨，画下此景留念。

登机后，从舷窗看地勤搬运工在卸行李，眼看我的橙色箱子运进机身。

下午5点14分飞机开始滑行。港龙空姐嘱我关掉手机，挎包放在座位下。这打消了我欲录像的念头，我照办了。最后一短信发给F君：“马上飞往宝岛啦！马上见你爸啦！”

5点31分，飞机在颤动中急速滑行，准备腾飞。未写完这句，机身已跃上维多利亚海湾上空。

点点渔船也很快失去踪影，我们已穿越海与天的界限，进入云层。

有点冷，看到有的旅客拿着红色绒毯，也想去讨来。广播里说快要开餐了。用浅黄色小枕盖膝，刚小眯一会儿，果然送餐来了。久不见的碧绿油菜、酱油肉条、半盒米饭，另有果汁一杯、三块酥点。量不大，我很快吃完了，邻桌男生吃得更快。舷窗外暖灰色的机翼分为光和阴影两部分，浅蓝天际映衬着红色机尾，显得更加鲜艳。

6点10分飞机开始降落，广播已通知收好桌板，扣好安全带，并说香港与高雄没有时差。

看呐，海！一艘小船在向相反方向驶去，应该是我见到的第一艘台湾的船。第二艘更远更小。

飞机下降加速，迎着大朵浅橙色云。耳膜发疼出现轰鸣，依稀听见舱内音乐。又颠簸一阵，很厉害的，然后直冲下去，下面海波荡漾。

一大片彩色集装箱在高雄海港呈现。

激情中画下：台湾海峡，我来了！

6点24分，飞机落地，徐徐滑行。地面湿滑，证实了我妈说高雄下大雨的新闻。

广播里用英文、粤语、普通话、日语向大家表示感谢和再见！

我的橙色箱子又同样被高雄机场行李员从机身里取出来。

到达机场第一个手续是填写登记表，这让我这个恪守“一国两制”的大陆人不免心悸不已。但入乡随俗嘛，除非你不想进来。表格是繁体，国民党徽印在抬头，如同我持有的台方颁发的“中华民国”台湾地区出入境许可证。

填完表格，同机的旅客早已散去。大厅里，一个检查证件的警官一个清洁工，礼貌、规矩。

取完行李，就瞧见出口处的台湾女画家许翠华。哇，一家人都来了，丈夫庄雅栋，两个公子。像是有神奇的魔力，前晚我们还在俄罗斯艺术家村12号工作室聊天，转眼她便出现在高雄这里。我说你是天马行空，她会意地笑了。

雅栋驾车，一行人往市区开。经过一片半郊区的地方，翠华说这是眷村遗址。

我们的目的地先是一个繁华地段的海光餐厅，他们叫“小厨”。我见到当地几位画家，也是翠华夫妇的好朋友，一桌人特地来给我洗尘。我去车里拿了画册、画片送给各位。

席散，我跟翠华一家步行去他们家。在附近的水果摊，她买了我们叫菠萝的凤梨。看那小师傅一手捧凤梨，一手用刀削，非常麻利，我忍不住拍了几张。这里晚上潮热，街边小食品店琳琅满目，让我想起南国的马来西亚。

经过翠华的公婆家，黑着灯，她说两位老人睡了。这才了解到他们是前些年从台北过来买的房，他们先带我看了他们楼下的工作室、儿童习画室、读书谈艺的客厅。本想让我就住在这里，但发现没热水，就拉我去她家了。

隔一车库是他们的住处，上楼梯前要先脱掉鞋。几间房，家具、物品、书本摆在各处，满满当当，很有生活气息。靠里一间是客房，她姐姐刚住过，还有独立的卫生间。疲惫不堪的我不再推脱，先住一夜吧。

聊天时将F君的家世跟他们两口子说了，我说寻找他失散多年的生父一家是我此行的最大心愿。他们好奇大陆那些年发生了什么，“文革”知识青年又是怎么一回事。我发现他们完全不了解1949年后我们的历史。

这是台湾第一夜，窗外灯火依稀。读读摆在客房书架上龙应台的书《目送》，别有一番意味。

《豆油灯》在高雄展出

2003年5月19日　星期天　高雄雨　较凉快　宜穿旗袍出席开幕式

一早翠华领我去理发店，她吹风，我洗头盘头。理发员是熟人，边做边聊。我长长密密的头发被发胶厚厚裹着，在脑后盘了一个颇有民国范儿的发髻，店员啧啧称赞，而我只想为大陆人争脸。

随后雅栋开车，两口子送我去画具店为我的画配框。第一次光顾台湾的画具店，如此齐全丰富，让我大开眼界，只是旅途不便携带，要不然我会多买。店主师徒为我订制画框，两人配合默契，我画下这一情景。开幕在即，可谓“现上轿，现扎耳朵眼儿”。

总算一切妥当，可以前往本展地点——高雄妇女儿童协会会场了。“国际女性艺术家邀请展”的标识牌已悬挂在展厅内外醒目的位置。也许是沾了唯一励志题材正能量的光，我的油画《豆油灯》被安排挂在展厅墙面中央，一进门就能看到这个穿红衣的张北乡村女孩，让我颇有自豪感。

但在主持人念参展嘉宾名单时，我再次感到别扭，我被称为中国代表，而台湾作为另一国别并列。没有预料到会安排我第一个发言，完全没有准备，只能即兴说，说到我穿越台湾海峡第一次见到宝岛高雄海岸的心情，激动得竟哽咽了。谈到《豆油灯》背后的故事，让在座的听了感到既新鲜又感动。

开幕晚宴在另一家酒店，几张餐桌将空间塞满，举杯频频，本桌恰有经历过入伍驻扎金门的四位男宾，个个彬彬有礼，很难和对峙炮击的民族悲剧联系在一起。

才发现台湾人也喜欢唱卡拉 OK，席间这边唱来那边和。展览策划人许博士唱了情歌，其中有几句“要么你来找我，要么来娶我，不然我就不等了”。

佛光缘美术馆

2013 年 5 月 20 日　星期一　高雄小雨转阵雨，局部暴雨

七点多被翠华叩门叫醒，小庄潍找不到钥匙了，要进我住的屋找。他果然和我一样是个小马大哈。他妈昨晚睡迟，眼都睁不开了。

早起也好，先去换台币，再去高雄的佛光缘美术馆。翠华说周一原本闭馆，今天是特为我开放的。

一位姓熏的女友来送粥，她也一起去参观。聊了几句，便发现她说话爽直。

美术馆位于市区大树区佛光寺，接待我们的是释妙仲法师。第一次近距离和法师接触，那浑身透出只有佛门境界才有的气度，让人不

由得肃然起敬。她接过我送的《豆油灯》画片，马上感叹说 2002 年她第一次去大陆，也在张家口，见到一个女孩和妹妹在街头讨一元钱买面。我问她，假如没有这一元钱呢？那女孩说她和妹妹就会饿肚子。她们的爸爸病了，妈妈跑了。到了再大一点的年龄，她也许就会被卖走，嫁人还是好的，可能会被卖到风月场所。法师说这个女孩非常漂亮。

不禁感叹，我告诉她们说："以前我们认为是你们生活在水深火热中呢。"

我们徜徉在展厅里。画作均是围绕佛教故事，写实又现代，有逼真可怕的地狱，也有象征纯净世界的菩提树。

中午我们在美术馆的滴水坊用餐。舒适明亮的厅堂，美味清真小吃，几个女人谈心很惬意。

眷村遗址

雅栋的表姐蔡顺贞是位教师，今天她带我去看眷村遗址。

龙应台曾这样描写战乱带给百姓的影响："他们从广州扶老携幼、跋山涉水，寻找一个距离屠杀现场最远的地方，并且决定从此以后，这里就是以后一代一代孩子们的故乡"。

高雄眷村的建立，源自 1949 年国军撤退到台湾，携带家眷暂时居住的一段历史。蔡女士说她家住在离眷村不远的地方，对这一带很熟，按她的年龄，应该见证过它的兴衰荣辱。她边开车边给我介绍，不时下车让我细看。眼前一片片荒芜得几乎像旷野一样的景色，围墙，铁丝网，破损的房子，弃置的残垣，要不是隔不远就竖有一块"军事要地不得占用"的官方警示牌，难以想象当年百万败军到此栖身的情景。

路边见有空军航空技术学院的公告：

本区域系国军警地，乃国有财产，非经允许不得使用，如有占用、占建、占葬或非法侵入等情事，将依法提出告诉。

一个红门上钉有“乐群村四号之一”门牌。

又出现一公告：

乐群村业经高雄县政府登录为县定古迹，依《文化资产保存法》第九十四条规定，若有毁损古迹之全部，一部或其附属设施（含门、窗、铁门、树木），处五年以下有期徒刑、拘役或并科新台币20万元以上100万元以下罚金，遇有破坏者请电110报警处理，谢谢合作。

忠孝社区发展协会敬启

再一公告：

原冈山日本海军航空队宿舍群（乐群村）于1999年1月29日敬高雄县枕骨古迹审议委员会通过指定，为县定古迹。

依《文化资产保护法》第九十四条规定，若有毁损古迹之全部，一部或其附属设施（含门、窗、铁门、树木），处五年以下有期徒刑、拘役或并科新台币20万元以上100万元以下罚金，遇有破坏者请电110报警处理，谢谢合作。

冈山忠孝社区发展协会敬制

几处废旧独院独栋小楼跳入眼帘，说是当年将军们的下榻处。如今人去楼空，芳草萋萋，影视剧里才见到的军服笔挺傲气十足的面孔，定期的家庭舞会，我只能凭想象了。

励志新村的门柱上，几条标语立在道边：“完成社区建设，提高生活品质，促进情感交流，增进团结关爱。”航空技术学院的明教楼前矗立着身着中山装、手持帽子微笑的蒋公的立像。预示着这里的生活还在继续。

雨一直淅淅沥沥下着，更增添大江东去，俱往矣的气氛。

我们撑着伞在大榕树下留影。在这眷村的土地上，一批从这里长大走出去并成就一番事业的名字浮现在脑海中：邓丽君、林青霞、蔡琴、龙应台及杜聿明将军的儿女们，其中有他的小女儿杜致廉……

回到住地，画了一张秀气儒雅的蔡女士记忆画。

也在当天日落前，那个叫小熏的女孩还带我去看了大海，是在茄萣海岸，兴达港所在地。路上她从学校接了两位千金，小女孩乖巧懂事，坐在后座吃北京阿姨买的小食品，当作下午茶。她们陪我写生大海，大块暮云映照下，茫茫海面上分出青紫和橙粉两色，褐色礁石被海水一遍遍冲刷着，发出哗哗的声响。这响动反而加剧了它作为历史的见证的静默。

在佛光山当义工

2013 年 5 月 21 日　星期二　大雨后多云

回到翠华家我必须迅速收拾箱子，要带走全部行囊跟翠华夫妇出发去佛光山。我回来晚了，没赶上和法师一起用餐，他们带我去附近吃了台湾小吃面。几位店员都认识她，亲和力处处显现。

今天真可谓云山分明，阳光和煦，气息宜人，伴着淡香。

四点骤醒，做了长长的梦，彩色的，与画有关。清醒后悟到自己身处赫赫有名的佛光山，客房窗外正是佛教圣地。

早上翠华夫妇带我去拜见如川法师。在她的领地等了一会，法师轻盈而至，亲切地望着我说："这么年轻！"

法师和翠华夫妇很熟，才了解到他们都是佛光山的义工，定期来这里做善事。雅栋给佛事工作人员讲课，翠华辅导他们进行艺术修养。怪不得夫妇俩举止得体谦逊，原来心中有佛祖，时时修炼，洗涤一切俗事杂质。短短几分钟拜会，法师很忙，我们不便多打搅，便告辞。接下来重点是参观佛光山，建筑极为宏大，世界各地的游客们像朝圣一样涌来。

一路上不时见到义工在道边伺候花木，穿着制服，戴着口罩，一脸虔诚。

我们膜拜了一处又一处，现在很难用文字描述那天我所见到的壮观。本人对佛教知之甚少，那些深奥的却在千年里迷倒了亿万信徒的教义。我只知道自己在那天就像真的登上了神殿天堂，和佛祖离得那么近！

其中一厅展示了星云法师功德无量的足迹和著作。众人仰慕他就不言而喻了。

我对翠华说为了不枉此行，我想好了一篇文章的题目——"心净之路"。

离开佛光山，我们直奔台南。那里有当地同行画家在等候，这回是为我饯行。

途经一座大桥，从大树乡到屏东九如，匆匆一见。

到了台南，翠华边开车边向女画家小英问路，我画下了这一情景。

进入台南市区，见到北平丰路路牌。车里播放台湾情歌："回黄昏，爱人要上船，思思念念，眼睛遮云雾，有话欲吐……”

一条台南运河横在这座城市中央，开过一座桥，等红灯，右行。翠华说这边出去就是海边。这边的房子可以直接看到海边，非常漂亮。

七位台湾和大陆画家共进午餐。

餐后由画会会长开车为我逛台南做向导。我先参观了台湾开拓史料蜡像馆。匾牌上一条写着：“好学深思道量”，另一条写着：“尊师重道”，最后一条为“修身养性德冠古今”。再参观了奇美集团的博物馆。记录如下：亿载金城的字样，是训海防之地。还有三鲲鯓，沙洲的意思。三昆，三昆身，绿地的意思。提到沈葆桢曾当过台南官吏，负责火药库。

台南有780万人口，永历年间盖了台南城墙，城门有：东安、溪定、镇北、宁南、左营、右营、前镇、后劲。原来高雄的名称是郑成功命名的。

会长和翠华夫妇送我到火车站，买了张16点49分开往台北的车票。到达台北的时间为17点15分。我们在进站口告别，与翠华说好我还会从台北回高雄，从那里返回大陆。还能再见一面，心里好受点。

大陆新娘王清萍

在1号月台没等多久很快上车，坐在7车厢舒适的座位上翻看列车杂志，第41页上一位女歌者的故事吸引了我，有导读文字：“每日揽花且歌且谣，罗思容的歌谣行旅。”

读毕，我画了一张车厢速写，斜对面坐着一个高颧骨的中年女子，条纹衫，大耳环。座套绿色调，很干净。地面温度27℃～28℃，台中有阵雨。

有意记下沿途站名，第三站才想起记：新竹、桃园、板桥……

18点40分，列车驶进台北。不禁想起林青霞主演的电影《家住台北》。

快到站前才发现邻座美女，匆匆勾了几笔。

太笨了竟打不开卫生间门，几个互不认识的男士自告奋勇帮我打开，把我惊着了。还没到台北，已领教了此等民风！

最后一个下车，举目无亲，陷入完全陌生之地。先向执勤员问路："请问先生，管前街出口在哪儿？"这是王清萍在信里叮嘱的见面地点。他告诉我一直往前，上三层问服务台。可是服务台没找到，我已被川流不息的旅客，各个方向的，以及商店、换币店给弄懵了。

第二个执勤员又叫我去6号出口，再去哪里还是没弄懂，只好去看站里墙上的路线图，自己琢磨。

动身前和王小姐通过几次短信，和罗太太也通过话。我突然记起罗太太说在台北站Z4出口，马上转告王小姐。罗太太之所以要在那等我，事后才知是为另一位接我的女士考虑。

出口需要上台阶，箱子死沉，我一点点吃力地往上迈步，冒出个奇怪的念头：要是有个洋人出现就好了。这是在欧美国家的经验。说也巧，一个圆脸女孩不知从哪儿冒出，细声细气地问："要帮忙吗？"她看我是一个人运行李，表示佩服，随即助我一把力搬上了台阶。这时一个男生也过来说："我来吧！"箱子让他一个人提上去了。不禁感叹，看来台湾也一样有活"雷锋"！

总算出了站，也看到罗太太说的星光大厦。可没有那个Z4啊。正在东张西望不知所措时，王小姐在几步远处叫了我。这是一个丰满白净，头发眼睛眉毛都柔和的湖南妹子。之前有通信，见面毫无拘束感。她远嫁台北，现在活跃在湖南同乡会里负责书画策展。

当务之急是去和另外两位接站人汇合，只见罗太太她们都已候在那儿，罗说她五点半就来了。

杜将军之女

另一位接站的女士叫杜致廉，英传在邮件里提过，她就是杜聿明将军的小女儿。她长我六岁，一头花白短发，腰板挺挺，面部棱角分明，散发出不凡的气质。幸亏事先有共同的朋友查英传联络，这会儿只需认认对方的长相。

四位都是爽快人，站在街头商量往下做什么，先去吃东西，还是先去旅馆。有行李总是不方便，三人陪我先去酒店办入住手续。绍强预先帮我订好的怀宁旅馆，稍懂点历史的人一听这名儿，就明白是为怀念南京而定的。旅馆虽不大，但价格便宜，地理位置又极好，就在离车站 5 分钟路程的小街里。罗太太主动帮我提箱子，竟忘了她比我年纪大很多。

怀宁旅馆坐落在有人行道的长廊上，有年代的风格，前堂狭小，柜台前我付了 1 680 台币。随后她们跟我上楼入住，我分送礼物给各位，自然以书籍、画册为主，外加一点女人用品。

接下来，我们去星光地下餐厅吃饭。王小姐点了三份豆花，她说她吃过，很好吃。杜女士点了饭，我和罗太太点了印度套餐。这儿生意太好，铃按了又按，迟迟不送来，直到印度侍者出现，原先要的是米饭，他却推荐抛饼。

都是同胞，不用几分钟就熟了，好像我们是失散多年的姐妹，或者从未分离过。

我更想听听这个 12 岁就离开父亲、从此不能再相见的杜女士的故事，她说她爸被特赦后“要配给我爸一女的，我爸不干”。“后来准许我妈去看他，但一直不让两人离开大陆。”“我爸葬在八宝山革命公墓。”

提到滇缅战役，她坦诚地说：“实际上我爸是打败后第一批撤回来的。”

英传的引荐，查杜两家父辈的渊源，加上本人对抗战历史情有独钟，印在我心中多年的那段惨烈的远征军覆灭史，今天得以见到亲历者，那位既是战功卓著的将军，又是头号“战犯”之一的后人，真是百感交集，难以掩饰。

约好明天中午去圆山饭店再聚。王小姐跟我回旅馆又聊了一会，定下后天赴台中，这是此行需要完成的一桩更重要的大事！

罗太太和罗将军

第一次见罗太太，第一印象是她身材娇小，五官也精致，头戴一顶球帽，一侧露出乌黑的短发，像三四十年代很摩登的女子。看她的精神头儿顶多五六十岁，后来才知人家是二几年出生的。

罗太太大名郑丽园。见面第二天她和清萍陪我去台北故宫后，又带我去了她先生罗将军的办公室。这是黄埔退伍军人组织的同乡会，由罗将军夫妇发起，完全靠民间捐助维持下去。

大厦的第二层，从后院进电梯，一室一厅便是同乡会总部。20年前我看到青天白日旗会心惊肉跳，此刻满屋的民国政府元素在台湾延续，一排排老照片显然是在展示一部光荣的抗战爱国史。我注意到一张像是在体育场举行什么纪念活动的照片，场面很大，一位彪壮的军人正在接受来自观礼台上的检阅，靠近细看，原来就是这位罗将军啊，走在他旁边的女子不就是罗太太吗，那时她可真年轻漂亮！

谈话间罗将军一再赞扬今天海峡两岸的好形势，特别强调大陆和台湾都是一国同胞，应该友好下去。这些年他和罗太太经常去大陆，差不多每年都去。

他们喜欢旅行，二老这辈子相亲相爱，唯一的缺憾是同乡会资金不足，经营困难重重。听说查英传上回来台湾就捐了一万台币，那我能为他们做些什么呢？

2013 年 5 月 22 日　星期三　早上大雨

9 点 5 分，罗太太、王小姐陪我冒雨走进台北故宫博物院。北京，台北，两座故宫遥相呼应。

逛书店

2013 年 5 月 23 日　星期四　小雨

住的旅馆地段书店不少，今早清萍陪我探访台湾书店。

在重庆南路 63 号有家建弘书局，在那里买了《民国将军的女儿》，三毛的《思念的长河》和《灵魂的领地国民散文读本》。有兴趣研究民国将军的女儿，多少是因结识了杜致廉。

在黎明文化书店我还发现有《中华民国崛起》的录影。

还有三民书局，对街有大方书局、东华书局。

来台前我只知道最大最著名的书店是诚品书局。离台前在那买了日本井上靖的《我的母亲手记》，这是本月刚出版的中译本初版。

我画下对街的建弘书局，过马路的标线，店铺橱窗，走路和骑车的行人。时间不多，只够画下线条，来不及涂色。清萍为我打伞为我拍照，算是来台湾唯一的工作照。

台中贵人来

凭老年资历买了赴台中长途车的优待票，140 新台币，清萍抢着为我付了款。中午 12 点 5 分，座号 6。速写本上记录第三进站口，属中港交流道，标有朝马字样，车号 1827。

清萍说她已约好湖南同乡会的杨希增先生来接我们，他的妻子卿秀莲是该会的总干事，他们住在台中。

果然杨先生冒雨如约来接，雨挺大，他带了两把伞。黄埔军校背景，两代将军，却没有一点霸气。相反，他听我述说黄家史时连连唏嘘，让我感动不已。

杨太太自制的下午茶很洋化，用毕已下午 5 点 40 分，杨先生驾车，杨太太陪同，一行人出发了。

往北，这是去苗栗的方向。下午 6 点 51 分进入五泉西路交流道岔口。道隔一段就标有途经地名：台口、大雅、丰源，并写明距离的公里数。

听他们介绍，台中有 29 个行政区，原来是乡，后来才变成区级。丰源就是其中的一个区。

开到了丰源交流道，用绿色地面分隔，接着是潭子，再就是丰源。丰源市区在 10 号国道。

清萍说她还约了一位许群小姐在丰源区的家乐福等我们。她也是湖南人，又一位热心肠！

现在我们进入一条繁华的街道，路牌上写着“中山路”和“火车站前”的字样。车窗外，店铺、绿荫、汽车、摩托车、行人在眼前晃动。

清萍联络许群：“家乐福在哪个方向？”未曾谋面的许群答道：

“调头走，走回头路!”又叮嘱：“到了麦当劳，你们在那等我。”杨先生边开车边感叹我此行心诚，他说他弟弟当年留在大陆，找到后，互相都不认识了。

见到许群暮色已浓。她骑一辆摩托车，健壮又开朗，一袭水绿色短款连衣裙。原来她也是大陆新娘，从张家界嫁过来的。她的小孩在读国中，不要学费，这里医院看病也不要钱。

太阳的倒影已落入河中，远处的天边呈现橘粉色。

杨先生长叹一声：“祷告我们的赵小姐完成认祖的心愿……我都被感动了!”

大家都后悔出发晚了。即便找到天已黑了，太晚打搅人家，不大好吧?

再励弟和黄寓1号

找到黄宅，天已黑。一行人现在已增至七位，不夸张，几乎是在黑灯瞎火中摸到门牌1号的宅子门前的。

第六位贵人又是个年轻女子，她叫吕卉妘，也在“新移民”社团做志工，是社区理事。她胖胖的，面颊白里透红，看样子生活得蛮如意。怎么这么巧，她竟也是湖南的大陆新娘!

第七位是闻声赶来的居委会的，也是黄家的邻居。在我来之前，她曾找过黄家人，但是被拒绝了。所以即使我亲自来了，能不能让见，谁也说不好。

可想而知，这时我的心里真是七上八下，忐忑不安。在最接近巷子口的地方，几个人在昏黄的路灯下商量是一个人陪我去好，还是大家一起去更有说服力。

此刻过了7点，一般的情况，该是吃罢饭但还未休息吧。这个空当还是可以登门拜访的。

现在回想那天走进深巷的那几步路，就像自己一下子跨越了海峡两岸隔绝60余年的漫漫长夜，总算依稀看到了对岸的晨曦！

这是一幢三层楼房，显然装修过。发绿色的瓷砖墙皮，门上有铁艺装饰，挂有黄寓二字的门牌上分格写有：丰原市丰社路一五一巷一号。

大门紧闭，看不清门内的动静，楼房窗里透出一点灯光。

我上前轻轻叩门，悬着的心顷刻便会见分晓。扣一遍没有反应，再扣一遍，站我身后的杨先生上前帮喊了两嗓子："对不起，请开开门，我们是北京来的，想来拜访您！"

过了好一阵，一个不年轻的本地乡音从门里传出："谁啊？"只听缓慢的脚步声挪近门边。大家耐心候着，等待这扇门打开。门开了，却窄窄地只开了一条缝。所以我不能看清这个陌生的、陪伴黄家公爹最后的女人的模样。但我还是赶紧接荐向她表达问候："您好，我是赵蘅，是黄健孙子的妈妈，我特地从北京来看您，请开门好吗？"

"不用！"语气强硬。

杨先生上前帮忙劝慰，真可谓语重心长。门里并不因此松口。

"谁啊？"一个男声传出。我听不清的交谈从门里传出。我们冲着门又说了一遍来意。

"那就让他们进来吧。"那男声说。

门外的人总算松了一口气！

小心翼翼地走进黄宅，心里是啥滋味，这原本该是我走进的婆家，起码是半个婆家啊！假如我的婆婆，那个可怜的章妈妈还活着，一生一世的恩怨从此在这一刻了断，该是怎样的心情？

小院不大，天黑也看不清。

进屋，跟我来的部分人一起挤到一层的二三十平方米的客厅里，像是不速之客，让气氛顿时紧张。

老太太不苟言笑。我恭敬地向她问安，并奉上所带来的礼物。

我简单向再励讲述了此行来台的缘由，以及自己寻到这里的诚心。并一一介绍陪同来的各位关心、帮助我寻故的朋友们。

再励弟说：“谢谢你来看我们，我们这个家就这样子。”

说这番话时，他面色紧绷，神情悲悯，似有难言之隐。

下面是我事后整理的他对祖父辈殁年的介绍：家父黄健出生于清末，光绪三十四年，即1908年。逝世（闽南语：往生）时间为1969年2月，民国五十八年。他死于肺癌。父亲生前心情不好，特别思乡，常看到父亲坐在院里望天不说话。叔叔黄镛国，一生未娶，死于直肠癌。三人合葬（爷爷黄桂丹、父亲黄健、叔叔黄镛国）在台南左镇果园里。原先在铁战山军人墓地，因政府将土地征为公园，后命迁出。

再励说今年3月10日刚去扫过墓，他每年清明都去。家中三层屋设有黄族先祖灵位，每月十五全家烧香祭拜。

家父过世后，黄显头曾带他们母子三人去台北木栅住下。

再励至今还记得自己小时候身体不好，哮喘，夜里是被父亲抱到医院看病的情景。他说父亲虽然有将官名誉，并未得到总统关照，手里没什么钱。

问起他的哥哥再扬，“他已经去世了，在两年前的端午节”。再励看我的眼睛涨满泪水。

又是癌症！

我来得太迟了！

但我实在不明白，他们的戒心和抵触情绪为什么会这样大？

断断续续听懂一点，这里曾发生过大陆亲戚来骚扰的事。起因是黄健思乡思亲心重，曾通过关系找到大陆家人。但现实是他们必须在香港住上三年，方能入台。结果一个个陆续来了，每次走都要带走一卡车东西，把家里搅得苦不堪言，将老人活活气死，到最后还要抢盖在棺材上的青天白日旗和骨灰。

这是哪一门亲戚？实在给大陆人丢脸！

再励说：“我现在出不去，妈妈年老，记忆坏，经常忘记关火。”

妻子刚查出患上鼻咽癌，现住在医院（台中荣总医院），他们夫妇生有两儿，一个参加工作，一个入伍。

他还告诉我台南墓地的路线——台南方向走台 8 号道到新化下去，左转到南溪，再到台 21 号道公路。因道窄，大车开不进，雨季道路泥泞。“这次就不去吧”，他说。

“父亲的子女都有谁，他们还记得父亲吗？想不想来？父亲病重时，你们在哪，念不念父恩？”他的质问满含委屈和不满。

我并不辩解，任他倾诉心中之苦，只是向他简单介绍了他父亲留在大陆的几个哥哥姐姐的情况。

“那我叫你大嫂吧？”再励默默听完突然发问。

“可以。”我说，“那就跟我上楼吧！”他说。

我随他上了三层，走进一间只有先祖牌位的房间。

几乎占一面墙摆放着一个布局完整的供奉祖宗的台面，黑色雕花的台桌，红色桌面上木漆雕刻的肖恩堂被罩在一个玻璃罩里，前有香炉，几株烧过的香，两侧有两盏莲花苞的灯座和三只铜制酒杯。

镶在漆木条的上联：佛力永扶家宅吉，下联：祖宗长佑子孙贤。两副对联间绘有古代故事的国画背景。

这一切似乎与楼下客厅正面墙上悬挂的“治家格言”一脉相承。

再励示意我："你对父亲说几句话吧！"

此时我已立在房间中央，面对象征黄氏祖辈灵位的牌位，不禁伤感，刚说几句便哽咽了。

"爸，我是赵蘅，是您的孙子傅鸫的妈妈。我从北京来的，代表您的儿子再镇和您的孙子傅鸫。还有您的女儿阿冠、阿文，还有您的小儿子再强。对不起，我们没能为您尽孝！我们现在都好，各有各的事业，大家想念您，请您在天上安心……"我对逝者有意隐瞒了再镇的大哥再雄死于"文革"的惨剧。

再励守在一旁听着，神情凝重，身为黄健的最后一个儿子，也是为父亲送终尽孝的人，此刻他俨然是黄家正宗的守护神！

陪我上楼的清萍事后说，她听我讲时也掉泪了。

再励送我们出来。月亮挂在天上，夜幕让我看不清他的脸。

饭点已过，大家都饥肠辘辘，一直憋着不敢释放的兴奋，在一起涌进一家小饭铺的当儿全都爆发出来了。碰杯，为我祝贺寻根成功，完成心愿，感慨万千，回味无穷……

尾声

清萍妹：

昨晚晚点抵达北京，才知自己很累了。一天昏睡后与傅家父子吃饭汇报。

但一直惦记写信给你表达我深深的谢意和感激，辛苦你啦！

先代我向你的湖南老乡们致谢，欢迎各位来北京玩！

赵蘅姐写于 2013 年 5 月 27 日
北京雨后清凉的深夜

清萍：

刚发短信向你拜节。想找到杨大哥夫妇的邮址，没成。

请帮我转发照片给他们好吗？非常感谢他们夫妇的慷慨相助，完成了我们多年寻亲的心愿。祝他们端午佳节幸福安康、快乐！

请发来他们的邮址和电话，谢谢！

赵蘅姐

许群小友：

你好！我是上月到慧原寻亲的大陆画家赵蘅，回北京后一直记着你和几位贵人朋友的恩惠，这是我终生难忘的记忆！我找到失散多年的胞弟一家，震动了大陆这边的亲人，借端午佳节向你表示衷心的感谢，并祝全家节日快乐、平安健康！

发去那天拍的几张照片留作纪念，也请转给吕卉妘女士并向她致谢，因我没有她的邮址。

欢迎有机会到北京观光，期待下次欢聚，祝你永远幸福漂亮！

赵蘅

清萍：

没事，我说怎么不见你的回音呢。

谢谢寄来的照片，看我们笑得多开心，真怀念那几天的快乐时光！

告诉你，我们的胞弟已给他哥来信了，他真的挺有水平，写信很得体。而且这件事已轰动黄家家族了，一个失散的大家庭总算联络上了，这多亏这些贵人朋友啊！

我回来，北京也热起来了。我疲倦的身体也缓过来了，只是还有点拉肚子。这几天忙着校对我的新书稿，出版社等着排版。但我最惦记写一写我的寻亲记。

顺祝快乐！

蘅姐写于5月31日北京

以下是胞弟黄再励写给他大哥黄再镇的信：

再镇大哥：

昨晚久未使用的电脑坏了，刚送修回来即打开昨晚未来得及看的文章，读后对您种种的遭遇感同身受，我一生所受的苦难恐不及您的万分之一，我们是生长在幸福的一代，从今往后自当知福、惜福，珍惜每天。

那是一个战乱的年代，造成了多少颠沛流离，回忆过去父亲经常在日暮低垂时，独坐在昏暗的花园屋檐下，我想彼时父亲的心里应是满满的乡愁，以及对亲人无尽的思念。

您的大侄子元亨现在在矽品精密工业股份有限公司担任工程师，小侄子振伟刚服完兵役也正准备投入科技业。

观赏大陆剧一向是我的喜好，有剧情，有内容，演员演技精湛，《大宅门》一剧更是我的最爱，它对我的启发让我完成了几件大事，另外观赏的时候会想象老家的模样。

您的大作《红颜往事》，我一定会细细品尝。

祝平安喜乐！

再励敬上
2013年5月31日

蘅姐：

看到你胞弟寄给他哥的信，你胞弟很了不起，他培养的小孩还真的不错，很不一般。大儿子元亨是矽品精密工业股份有限公司的工程师哎~（矽品：台湾股票上市的大公司，生产电子半导体。在台湾的台中新竹彰化及大陆都有工厂）小儿子振伟也准备投入科技业。很棒！我们为他加油！祝福他们！

清萍写于2013年6月1日台北

2014年2月，我陪同F君，也就是再励的大哥——原名黄再镇、我儿子的爹，再次赴台到丰原看望再励一家。

翌日，再励和太太领我们去了台南祖辈的墓园。赶上下雨，道路果然泥泞，我们打着伞深一脚浅一脚地爬上坡。墓地建在一绿树遮荫的坡上凹处，相对独立，别有清净。

那石碑上分别刻有黄氏父子公柄、黄健的生殁时间及身份：

丁亥年九月二十四日生
民国辛丑年十二月十一日殁
籍贯广西省岑溪县
故考陆军上校
国大代表黄公柄桐之墓
孝男黄健仁孙黄再扬再励敬立
（注：1887—1961年74岁）

广西省于民国戊申年七月十八日生
民国乙丑年二月一日殁

故考陆军少将伟健黄公之墓

岑溪孙再扬再励敬立

（注：1908—1969 年 61 岁）

仅仅 8 年，爷爷黄桂丹和父亲黄健相继在台北去世。应该这样说，是胞弟再扬、再励兄弟俩代我们大家尽了孝。立碑人始终没有忘记祖宗的乡土在大陆广西古太村，尽管他们从来没有回去过。

淋着淅淅沥沥的雨，再励媳妇很讲究地布好了各个点香的方位，我和再镇鞠躬默哀。再镇如同我去年对着祖宗牌位，也说了一番话，这个 4 岁就与爷爷、父亲诀别、九死一生的男人，所有的思念和屈辱岂能用几句话说得尽？

自此，一次历经波折走进了台湾丰原市丰社路 1 号黄寓，一次到台南黄家祖辈墓地祭拜，再加上 2012 年 1 月曾陪同再镇父子到广西岑溪古太村黄氏老家的探访，这个被大时代潮流击碎和肢解的、曾经名扬数百里、富甲一方、拥有两代抗日将领的大家族，今天总算骨肉相认，终结了长达 65 年的隔绝和离散！

初稿完成于 2015 年 5 月 5 日立夏

2015 年 6 月 2 日修改

弦三谈心

这些日用品和小玩意，妈妈件件都花了心思，件件上面都有她手上温暖的体温！

人生的命运固然不可预测，随遇而安，活出精彩，决定权还在自己的手中！

我还想说，无论你从哪里来，我都为你祈福平安！

当你第一次被让座时

当我头一回被让座时，着实脸红了。

那年我才 50 岁，只因鬓角露出几根银丝，还没来得及染。这个年轻人眼尖，也许我是他父母的年纪，让他有这样扶老携幼的教养。

可我被让座，不能不说明本人已显老态！

我不止一次抨击时下的“年龄歧视”，尤其是报上的社会新闻，动不动说“五十老人”怎样，“六十老妪”又怎样，看了就扎眼。不是说按现在专家的说法，70 岁才是人的中年晚期吗？干吗那么早就给这些仍活力四射的人们定性呢？

不服老，怕人说老，成为我们这代人的通病。50 岁到 70 岁是个尴尬的年龄，已不再年轻了，又不像八九十岁那么老。你看大街上那些面孔已不再年轻，还要把头发染得漆黑，像顶了一顶帽子，感觉将两个不配套、不协调的东西硬拴在一起，颇有点滑稽。我自己何尝不是经历了相当长掩盖老相的窘迫过程呢？

自从政府发了 65 岁以上可以免费乘公交车的老人证后，我可以大摇大摆上车，晃一晃这张黄底带头像的证，便能去北京任何地方。

这一晃可不得了，忠于职守的售票员便会立刻对全车厢嚷嚷一句：“哪位给老同志让个座？”“年轻人少坐一会，给老人让座！”每到这时，总有点不好意思，好像公开展览自己，向别人索取什么，让坐得好好的中青年乘客们不知是让好，还是不让好。每回他们中真有人起身让我坐时，我总连声道谢，然后颇有点羞涩地占领本该属于他（她）的位置。开始几分钟我会觉得拘束，不够坦然，好像我欠了、夺了人家什么似的。

地铁是个无人督促的公共场所，更能检验人们的良知和教养。固定的老、幼、孕、残的专座并不能让那些见座便坐的人们望而却步。人家也没错，有座儿何必让它空着？不过倒出现了上方是爱心提示牌，下坐年轻后生们的讽刺扎眼的场景。一次和家人出游，姐夫出于看不惯出言干涉，遭及谩骂，甚至差点挨拳头。事发后站警来了，算是保护了我们这些老人，可无法可依的“让座”又能奈何人家多少？当像我这样有年纪的人一旦踏进车厢，所以，站在一排排上方有扶手吊环的座位前，那些已入座的人多半会不由自主地瞟你一眼，上下打量，估摸着你的岁数，以决定自己的下一步。让，还是不让，策略有二：一是装作视而不见，比如闭眼打盹；二是心一软，站起来，宁可自己受点累。久而久之我也摸出个经验，凡我打扮得时尚一点时，让座率较低；凡我穿得老气，或露出白头发时，管保会有人让座。我有个师兄，他就不愿意被人让座，这是出于自信，也是不甘被人当作老人。

近年我突然发现自己这一套已不管用了，因为无论你怎样“掩饰”你的衰老，也无法抗拒人家火眼金睛对你是个老人的真实定性。于是，这时你想不坐都不行了，这些可爱时尚的年轻人好像被你的老态吓住似的，似乎如果不立马起身让座，他们的良心就会过不去。这一刻，总会有股暖流穿透于身。

那些倚老卖老、非要和年轻人抢座较劲的同龄人，那些甚至为此动不动发生肢体冲突的，真丢了我们老人的脸。假如我在场，真想问问他们，你就不能同情一下孩子们——这些辛辛苦苦的上班族吗？

我爸在的时候绝不会这样。相反他会“多管闲事”，对那些不照顾孕妇和老人的“坐客族”绝不客气，“同志，请你起来让她坐！”他从眼镜后面直视人家的眼神是那样认真，口吻严厉，遇上谁都会乖乖地服从。每当这时我就会笑着对爸说，爸，你忘了自己也是老人啊！

2015 年 4 月 21 日，谷雨次日

包裹

我的家人都爱寄包裹，开始是爸爸妈妈寄给我们姐弟仨，后来是两代人互相寄。近年邮局的包裹变成了快递，我们都成了“顺丰”快递的忠实顾客，异地的寄费比本市高得多，妈并不在乎，依然不改老习惯。

从包裹寄出到收到的那几天里，妈妈总是处在异常兴奋的状态。“喂，小妹！收到我递给你的包裹了吗？怎么还没到？前天就寄了啊，里面有你喜欢的好东西，你看了就知道了。”

又过一天，电话又一次打来：“这回收到了吧，打开了吗？怎么样，你妈有本事吧，小陈装的，我指挥，东西太多了，好难装啊，她真有本事！”

她喜欢将字条夹在包裹中，至今我还留着她随包裹寄来的信件，都不舍得丢掉。说它是信，更像是字条，满纸列的均是寄来的物件清单，常常多达一二十样，一一用带圈儿的数字标上次序。

……带去两本书，手套和一点吃的。手套是大姐姐特给你买的，希望你自己戴，她说你容易丢手套，自己戴吧，丢了再换一双。

茶叶希望你自己喝，没什么特别好的，反正是绿茶，叫小傅每天也喝绿茶，这对身体好！

钙尔奇D（美国的，只有更好）与善存每天一粒，早上善存，晚上钙。

送你一个小礼物（是邹小娟送我的），饿了或馋了，就在Christmas Eve点燃它，望梅止渴吧！

特地在华联给你买了条黑长裤，很便宜，你遛狗穿。

……

还有那么多蜂蜜、花生酱、蜂乳、带画的小挂历，最惊人是她竟装进了一大铁盒味多美的点心，多沉啊，难怪会超重很多。

我最能懂得这些日用品和小玩意，妈妈件件都花了心思，件件上面都有她手上温暖的体温！

除了用文字交代包裹里面的东西之外，妈还要用电话再详细说一遍。不但她自己讲，还要听我收到那些物件后的感想。她喜欢听我的反应，享受我收到这包裹后的细致感想，我当然还要向她表达怎样感动怎样合用，假如我按她的意思做到了，她在电话那边就会很开心很满足。有一回我因实在太忙，收到包裹后就搁一边，或是不仔细翻，自然就不可能回述清了。这种情况立刻被她发现，她非常失望，大为不满，数落我这人就是一贯丢三落四、马大哈，吓得我赶紧赔不是。

有一年入冬前，妈惦记我冷，率领她称为家庭助理的小陈到不算远的超市给我买冬衣，全然不顾我一再告诉她，我衣服不仅足够用，而且太多了，根本穿不完。“文革”后期过来的人都知道那个年月特定的词儿：“处理品”“出口转内销”，妈的消费观还停留在20世纪

80年代，她喜欢说不贵，标准从20元顶多增加到100元以下。只要不到100元，她就喊便宜。

那次大采购，妈收获了一大堆她认为物美价廉的衣物，为远在北京的小女儿添置了两套棉毛衫裤、棉袄和棉背心，全是几十元不等，她得意极了。快递到北京家中后，我着实被这包裹如此之庞大吓了一跳，差不多半人高，内三层外三层裹得结结实实，小陈用大针脚缝的开口，拆开它费了很大劲。如此送温暖让我内心滚烫！

我妈就是这样的妈，总喜欢让她的孩子舒舒服服、平平安安，这是她最大的心愿。在我们很小的时候开始，她就什么都喜欢替孩子做，喜欢过问。如今她老了，我们也六七十岁了，她还这样操心，拦都拦不住。老了就会有差错，张冠李戴免不了，比如她会把原本是要送给儿媳的围巾给了我；比如想找条毛毯给我弟弟在午睡用，翻半天没找到，事后才想起早就让我带回北京了。好玩的事在我们家不时发生，鸡飞狗跳，乐此不疲，也许爱就在其中。

孩子在大人的包办中不会自立、强壮，孩子太暖和了经不起风吹雨打。理儿是这么个理儿，哎，当妈的总是这样！

2015年4月24日，明显升温

邮政旧忆

要说这辈子我常去的、去的次数最多的地方，邮局当属之一了。好像邮局是我家开的似的，三天两头会往那儿跑。

我家离魏公村邮局很近，不到半站的距离。如果说连分局也算，那么对街的友谊宾馆内有一家营业店，北侧的中信银行楼下也有一家，只有一个营业员，上班晚，下班早，顾客更少，我只去过那儿几回。

喜欢邮局跟喜欢写信有关，写信多自然寄得多。我喜欢往邮筒投信，喜欢听信件掉进邮筒发出闷闷的回音。那一刻很神秘，因为再也不可挽回，想反悔也来不及了，像命中注定似的，无论是投对，还是投错，反正一切已成定局！

我甚至关心家门口有没有邮筒，每天邮递员来取信几次，每次都在几点。当红色邮筒出现在北京街头时，我兴奋了好一阵，那是为快递件特设的。从此有了专门的那种硬皮的橙色大信封，一只8元，不用贴邮票，封上直接投邮筒便是，但不得超重。

现在的年轻人大概不能想象在邮局发电报、打长途的滋味了。那时谁家都没有电话，有急事打长途电话只能到邮局。邮局二楼是一间挨一间的电话亭房，先填单再坐下等叫号。叫到自己了，就快快到指定的话房，关上门，拨通电话。按时记价，所以不敢废话，挑扼要的说。

那些年打电报是不到万不得已不会采取的一种快速邮政手段。诸如报平安、报丧、贺电、发榜、接站等，都是大事情。因为按字数结算，价格不菲，人们总是要省一字就省一字。我舅舅曾发电报通知我考取中央美院附中；我分娩后，我爸曾发电报“母子平安”给我儿子他爹；我妈曾发电报告诉我“爸爸病重速归”以躲避政治运动的羁绊；我也曾发电报向双亲报告油画获奖。

和京城许多地方一样，魏公村邮局也经历过几回搬迁。打我分配工作到这条大街上开始，它似乎就在魏公村路口路西小街这个位置。那时只是一家小小的邮局，后来说是要翻修盖大楼，邮局就临时搬到路东，南侧靠解放军艺术学院，北侧靠科技出版社，只维持小门面规模，却经营了好几年。

而我绝不会因为它的变迁、减少改变我去邮局的癖好，小门面的邮局，我去寄过信，寄过包裹。我亲眼看见过因排队空间拥挤发生的摩擦纠葛，为一点小事争得脸红脖子粗的都有。

那几年我会在每个学期开学前给一个叫小娜的张北女孩寄学费，她家境贫寒，妹妹因没人资助辍了学。小娜渴望学习，我曾为她画过一张油画《豆油灯》，正是表达了她这种渴望的眼神。从小学到中学，直至她考上大学的学费，这对工薪微薄的我来说不得不算是个负担。有一年她开学前我手头实在拮据，天助我送来了我的散文奖金，真是雪中送炭啊！

现在回想，这小小邮局足以见证我这个北京阿姨的一片热诚。

这些年里，全世界遭遇太多的天灾人祸，印尼海啸、汶川地震，一年冬天听说贫穷的牧区孩子没有袜子穿，我便不带一点犹豫，立马去邮局汇钱。

眼看着邮局年轻的营业员换了一拨又一拨，青年变成中年，姑娘变成母亲。女营业员的发式原先什么样，后来什么样，我都记得清清楚楚。

当我自己很看重的一本新书出版后，我会花很多时间给亲朋好友寄书。那一摞摞样貌相同的书摆在邮局柜台上十分扎眼，一个面熟的女营业员不知是出于好奇还是客气，问我："这是您写的吗？""是的。"我颇有点骄傲兮兮地回答。"啊，真棒，以后送我一本吧。"我满口答应，心想多个读者还求之不得呢。可当我从寄出的书堆里真的撤下一本送她时，她显得那样慌张而勉强。是啊，邮局工作很繁重，尤其是包裹台，一天8个小时，除了吃饭，都要站在柜台前，身后堆的全是纸箱口袋，打包、装箱、缠带、称重，小姑娘像小伙子一样干活，一个顶俩儿。下班后人家哪再有精力看书，何况是你这种恍若隔世似的陈芝麻烂谷子的书呢？

我也曾热衷在新年临近给亲友寄带生肖邮票的明信片。紧张兮兮地看表，盘算着时间，因为很在乎要在新年钟声响之前送到对方手里。那些年邮局门外摆有专卖圣诞卡、新年卡的摊位，吸引许多学生来买，热闹得很。我常在那儿挑完买好就直接去邮局填写寄出，如此流水作业，真是方便极了。

这些年约稿多了，稿费也多了，跑邮局多半为这事。有一回汇款单上漏了我名字的草字头，邮局按死规矩偏不给我，害得我回单位开证明才拿到。也曾发生过忘取稿费被退回原地的倒霉事，最荒唐的一次，我又过期未取稿费，在写信给报社索取退费时，竟然在信皮上误把邮局营业员当成报社会计了。自然，这笔并不多的钱八成石沉大海了。

所以现在每当汇票寄来时我都是先要查看一下期限是哪天，宁可提早，近日把下下月才到期的汇票取来，又未免有点矫枉过正了。

因为邮局送汇票，让我认识了几位熟面孔的邮递员，不论春夏秋冬，刮风下雨，他们都会忠于职守骑着车来小区送信件。我最害怕冬天里他们一大早就来楼下喊我，害得刚出被窝冻得哆嗦的我慌忙下楼去取，还要关心地说一声："您看天这样冷，辛苦啦！"

不知是否因为政府要求加强邮局的服务意识，近年的汇票送到了家门口。这对我当然是好事，对邮递员也好也不好，多上几个台阶，但起码不会因等候被冻着被晒着。有几次因为我不在家，汇票或包裹单塞到了家门缝里，我必须在指定时间里到邮局地下室盖章方能到一层大厅取到。这是邮递员上班前下班后交接的总部，每日报纸信件要从这领走分送，墙上张有通知、会议、出勤报表、党员要求等等。陈设简陋，留守人员不多，显得格外安静。

我好感叹现在没人写信了，眼瞧着互联网强势，传统邮局经营日趋萧条、惨淡，可大势所趋，谁也无法挽回！

喜欢自嘲"卖文为生"的我，小小文章换来些生活补贴也算一种生活方式吧。纸质书本不会消亡，邮局总要开下去，总有人需要它，那么我愿意做其中坚持的愚人。

2015 年 4 月 20 日北京谷雨

从小木桌到大书房

小时候印象的书房是属于成天趴在那上看书、写作、备课的爸爸。

爸爸当了一辈子教书匠，家里唯一的书桌妈总会让给爸用。按20世纪40年代的说法，爸姓赵，妈就是赵太太，爸是当家的。妈妈有美术天赋，将汉口路那个家的门廊改为书房，窗外是院子，透光极好。搬到了鼓楼这边，爸的书桌也是靠窗的，窗外有他亲手种的石榴树。他写下："每年五月会开花的"的诗句。

爸爸的书桌总是堆得满满的，他读书喜欢写眉批，凡他读过的书都会留下密密麻麻的感悟批语。300字或600字一页带方格的稿纸上每天都会有爸爸新的手迹，诗、散文，也有书信。那书桌上也曾出现过像是交代什么问题的奇怪文字，他和妈避开孩子紧张神秘的神情给我幼小的心灵留下难以抹去的印记。长大后才懂那叫"运动"，人人自危，人人过关。

爸爸一直保留使用蘸水钢笔的老习惯，因而家里红的、蓝的墨水瓶是少不了的。那时还没引进胶棒，糨糊瓶是造型简陋的那种。他写文章总要再三斟酌，他用粗粗好裂的手指粘粘贴贴。双亲都是搞翻译的，我家字典多，厚厚的可以查找任何一种文字的字典都有。

爸妈都是西南联大的学子，他们不甘当亡国奴各自背井离乡，却在云贵高原接受了中国第一流的教育。这场清华、北大、南开三所名校的大迁徙运动，也成就了爸妈以淞沪“八·一三”抗战日为结婚纪念日的姻缘。那几年日本飞机连天轰炸，城楼一挂起灯笼，就得赶紧往城外跑。每当在这生死攸关的时刻，教授和同学们却不会忘记夹上几本书离开，因为谁知警报何时能解除，但备课和读书不能中断。这田埂道边甚至是洞穴菜地便是他们的临时书斋和课堂了。

1999年爸爸走了，妈妈才有了自己的书桌。世纪岁末我画过妈妈也趴在书桌上写字的情态。可她越来越老了，即使有了书桌，近年也很少用，她多半是在床上做事，枕着图案好看的靠垫，九十多岁好像更加才思敏捷。

轮到我有书桌，是过了十岁那年。妈看我喜欢写写画画，就托人打了一个给我专用，记得是浅黄色的，带两只抽屉。从此我有了只属于自己的地盘，我视它为无比神圣的，不可侵犯的。我在小书桌上写日记写作文，国庆十周年，我完成了《我和祖国一起成长》的创作画。书桌里存有我的各种纪念物，近日听妈说，每天我放学回来会跳一会儿牛皮筋，跳完后就把皮筋卷起放进抽屉里。可以说我和小书桌共同度过了一个小女孩敏感又快乐的青春期。

少年时代我读书的另一地方是在教室的课桌旁。童话、历史、自然科学书，黄巢起义，米丘林、盖达尔，《三个火枪手》《牛虻》我都读。我和同桌庄虹玉可以三天读完一部长篇，当时风靡全国的当红小说，我们都会找来：《青春之歌》《苦菜花》《红旗谱》《林海雪原》……长长的书单，我们读的量会比老师规定的多得多。进了中央美术学院附中后，苏联小说迷倒了这些风华正茂饿着肚子学画的学子们，《保尔·柯察金》《苦难的历程》《多雪的冬天》让我们如饥似渴。

我也经历过不要文化的大浩劫，在干校里，大家都睡在土炕上，这是每个人唯一的私人空间，却是在众目睽睽之下。自然谈不上书桌可言，我只是在果园看果时偷偷画点画，坐在铺盖卷上学《毛泽东选集》。远离书画的我，完全靠记忆精神会餐，昔日读书写字的快乐时光让我可望而不可即！

写到这不禁想起舅舅“文革”里的牢狱之灾。作为一个翻译过《离骚》《资治通鉴》的大翻译家，在一间牢房关了二三十人的牢房里，四年来除了《毛泽东选集》，绝无任何文学经典可读。可他一点也不沮丧不气馁，还给同屋的犯人背诵白居易的《长恨歌》来打发时间，你能不说那也是一间特殊的书房吗？

我到过许多同样遭过难的文学前辈的书房，无一例外的都是书海如山。漫画家丁聪家的书和画册从柜里漫到地上，出版家范用床底下都是书，诗人邵燕祥的书报从地上码起足有几尺高。杨绛先生的书房是我见过最简洁的，它从未装修却一尘不染。水泥地，大书桌，书橱，窗明几净，没有一点多余的东西。但是书桌上的纸张笔记，摊开的字典、书籍，显然都在告诉来客，书房里高龄的女主人笔耕不辍，这会儿只是刚离开桌旁。

我参观过英国女作家勃朗特姐妹的故居，走进一间小厨房。让我意外的是《呼啸山庄》的天才作者艾米莉·勃朗特原来还是个担负繁重家务的女孩。

她每日起身最早，烹调，熨衣并烤制全家人食用的面包。两屉木桌上摊着她的书、纸和铅笔……在厨房里插空学德文，还记录下瞬间掠过得的思绪火花，她希望通过这些书籍开阔眼界。

——赵蘅《拾回的欧洲画册》

这有点像我，我也喜欢做家务，喜欢同时做几件事。洗洗菜，再去码两行字，岂不惬意！

20 世纪七八十年代我开始写作，那时俗称这份苦差事叫爬格子。可住面积 32 平方米，三代同堂，我常会在家人睡下之后，夜半在小厨房里爬格子。

2000 年房改，我第一次有了自己的书房，不久又添了一台半旧的电脑。刚搬完家，我妈来京探亲，我将新卧室让给她住，我就睡在可以拉成小床的小沙发上了。之后我写下了《我睡在书房里》。文中这样写道：

我喜欢头朝窗睡，透气儿，而且我便可以一览无余我的全部藏书了。这是刨去门的位置足占一面墙的大书橱，正面对着我。

书架上“有爸爸妈妈慈爱的笑容，爸爸生前用过的书桌留影：那盏绿座儿台灯和红色圣诞花……”

今天拥有一间书房不算什么，但读书的人少了。由此可见，读书并不在乎什么条件，再好的条件不去读书如同井底之蛙，还不如巴掌大的地儿，读万卷书尽显天地开阔呢！

2015 年 8 月 9 日完稿于立秋次日，11 日修改。

我选择了隐瞒

我妈说："我这个女儿倒是不说谎，可喜欢瞒。"

人的一生会有几次隐瞒，只有自己知道。我习惯对长辈报喜不报忧，每逢好事、喜事，我会很快告诉他们，让他们为我高兴，和我一起分享；但凡遇上难事、倒霉事，我一般不会说，至少会在问题排除、困难解决后才会像说笑话一样讲出来。

离婚那会，我选择瞒我的爸妈，因为不愿意让老人家为我伤心。尤其是我爸，他非常传统，他的研究生中要是谁发生婚变，他会忧心忡忡很久，一封一封写信规劝，像对自己的孩子一样。其中一个女生在他去世后伤心不已，夫妻关系也由此转好。

爸爸走时我已离婚5年，没让老人家为女儿担忧，我做到了。可我妈很敏感，一次我的一个老同学给她打电话透露此事，她立刻打来电话盘问我，证据确凿啊，我只好招认了。

人的隐瞒出于多种原因，害怕、胆怯、好面子、不愿引火烧身；也为息事宁人，为他人着想，为避免冲突事端的发生；更多是善意的谎言，好心的欺瞒。

2012年我出国，在出租车上丢了一幅油画原作，我有意隐瞒儿子他爹，因为不愿被他嘲笑，他这样说我已经好多回了。有时话不投机就保持沉默，不愿因袒露胸臆而惹恼对方。

未来我还会有多少次隐瞒，我不知道。

电视剧《新上门女婿》的插曲动人心弦，让人百听不厌，有几句耐人寻味的歌词："一个人需要隐藏多少秘密/才能巧妙地度过一生/这佛光闪闪的高原/三步两步便是天堂/却仍有那么多人/因心事过重而走不动。"

该片饰演岳母的是著名演员潘虹，她漂亮、能干、强势，给人一种颐指气使的感觉，这对有才华、有追求却出身贫寒的女婿来讲，必然会发生冲撞。为了公司利益，她不甘服输，以至于向家人隐瞒了身患癌症，一直在做化疗的真相。此等内心百倍挣扎煎熬的隐瞒，更加剧了人与人之间的戏剧性冲突。当然，剧终真相大白，岳母走到了生命的尽头。张译饰演的女婿挑起公司大梁，此时，曾经恶语伤人的故人也会让人肃然起敬了。

其实说到底，一个人想隐瞒什么是自己的权利。

为自己隐瞒会痛苦，为他人隐瞒会快乐，世上概莫如此。为了一个利己或利他的目的，人们会隐瞒婚姻、隐瞒绝症、隐瞒死讯或其他事实。不把老人去世噩耗告诉当兵的儿子，是怕他保家卫国分心；男人隐瞒外遇，最大的理由是怕伤着原配。

人世间没完没了，演绎着人间悲喜剧！

每个人一生都会遇上隐瞒或不隐瞒的十字路口，写到这不禁好笑。好多年前，一个老同学向我透露一个秘密，他在十字路口等红灯时，发现了邻车坐着一对男女，那男人竟是我儿子他爹。那女孩是何人，他话里有话。现在回想起来，那些年难怪他突然对我关心不已，无非是同情我遭遇了第三者罢了。

2015 年 4 月 23 日

自己吓自己

这半辈子，我自己吓自己的事儿多了去了！比如这件几乎要吓成心脏病的往事。

请看以下几封电子信件，写在同一时间：

少强：

昨夜过零点，我在“疯狂”寻找后几乎绝望，突然在一桌面的日记本堆的90年代初的一摞中，发现了这个本子！才想起几天前，我怕我丢了，想暂时放在盖布下，当时还提醒自己过后别忘了，结果还是忘了。.

受到的刺激不小，谢谢你的同情和安慰！我都想开了，实在找不到，只能重画重写了。

今天一定会全部扫描。明天你不必去雕刻时光问了。

刚才新闻里说第一代创业，第二代继承，第三代毁。太对了，所以我自己要处理好身后事。一笑。

赵蘅

靖生：

谢谢你的安慰和开导。我也想开了，实在找不到，只能重画重写了。

明天你有空吗？帮我先扫描下最重要的几张画。我都后怕了！

刚才给吓得一点都不困，现在困了。

妹儿

鸫儿：

昨天为丢欧洲日记真是受了大刺激。找到零点，在一桌子的日记本堆里发现了这个本子！才想起几天前，我怕我丢了，想暂时放在盖布下，当时还提醒自己过后别忘了，结果还是忘了。

我想开了，实在找不到，只能重画重写了。

今天爸说帮我扫描，我都后怕了！

爱你们的妈

三封信中所说的都是同一件事，所指的本子是我的一本速写日记，本子购于2012年4月我出发赴欧洲的前一天。那天下午，在小区门外的人行道上，来了一辆卖货的推车，卖的全是本子，各色的本子，大部分是带格的，我要找不带格的，白纸的，好画画用。翻啊找啊，忽然我看到一本厚厚的、普通书籍大小的本子，正面是黑皮，反面是牛皮纸。内页又分白纸、牛皮纸两种，隔十几页换一种，轮换着白色与黄色。掂量一下，好像正好够我此趟旅行的用量。因为我暗暗发誓，此行一定写画完整本。

就这样，我带着这新买的本子心满意足地出发了。我的画也按惯例从天上开始，天上的云，机舱里的旅客，落地前俯瞰当地的景观。我的第一站是英国伦敦和牛津，第二站是柏林和汉诺威，第三站是巴黎。我有时坐飞机，有时坐火车，我进过图书馆，泡过咖啡店，和中外朋友在家聊过天，这些都被我画下，而且很巧妙地利用了那纸的色差，产生很迷人的画面效果。

一个月后，我带着这个用一腔心血换来的、写满画满的本子回国了。

我小时候是挺马大哈的，我妈和班主任联系总要说我最大的缺点是丢三落四。长大后我注意克服了不少，可后来这自己吓自己，三天两头发生，就成了问题。儿子他爸说我这是“文革”落下的恐惧病，你自己不觉得，别人看得很清。那个年月我们大家都处在随时会被批斗的恐惧中，指不定哪句话、哪件事被上纲上线，无限上纲是家常便饭，在当年是体现一个人的无产阶级感情深不深。那些天天斗私批修，狠斗私字一闪念，在今天会是笑话，在当年可是必须自我改造的要求！

自己吓自己会导致你常会处在紧张甚至是神经兮兮的状态。年纪大了，我会为丢一个钱包，找不到一本书，遗失一个纪念品，忘了别人托我办的事，记错了开会的时间而吓出冷汗，会非常失落，非常沮丧，非常自责。一次温州记者来采访，说好了见面时间，我却忘得一干二净，等人家叩门时才记起，弄得非常尴尬。还有一次逛街，在一家服装店发现物美价廉的物品，可掏包拿钱时才发现钱包没了，吓得我撂下那衣服赶紧跑回家。你猜怎么着，我那钱包就在家里，老老实实地装在另一个挎包里。

“文革”毕竟已久远，我希望以后的日子过得安宁。慢一点，松一点，淡一点，静一点，这对老年人非常重要。

再不要别人吓自己，再不要自己吓自己，再不要生活在六神无主的恐惧里，知天知命、大彻大悟才是福！

2015 年 4 月 20 日，谷雨子午

警察叔叔

多想写下这个题目时，我心爱的画找到了，那样我就可以送面锦旗给他单位，好好表扬一下他。

说实在，在此事发生之前，我对警察这个职业是有成见的，权势、强势，得理不饶人。20 世纪 80 年代曾有一次在大院里坐丈夫的二等车回家，被一位警察逮个正着，不记得为什么那个年月连自家单位的院子都不能骑车带人，因此我们这叫明知故犯，自然挨了一顿训。我不服，辩白了几句，忽然从他嘴里冒出这样一句荒唐话："看见你一次，就等于你犯了一百次!"

这句话我记了好多年。

这些年政府机构提倡以人为本和服务意识，警察本来就是人民警察，不是鱼肉百姓的霸主，人民警察爱人民，天经地义!

每当看到街头有警察和蔼地回答市民的问路时，我会感到亲切。第一次被交警敬礼，示意礼貌地要我出示驾照时，还真有点不习惯。我喜欢看到自己国家文明的进步和素质的提高，一点一滴我都会感动。

失窃事件发生在三年前，我的马大哈导致一次出国回来丢了画，画落在出租车上了，没要票单，没有依据，让我吃了哑巴亏。等我发现之后有两个选择，一是到北京交通台广播挂失，播一次 400 元，重播 800 元；二是立即去当地派出所报案，我选择了后者。

那天接待我的是大院派出所的一位老民警，听我陈述后，二话没说就让我跟他上了警车。他亲自驾车，直奔二环方向，只觉得一路七拐八拐，到了目的地才知这就是鼎鼎大名的交通监控部门。第一次看到全市各条道路的车辆全被显示在一架架小小的屏幕上，真让我震惊。我的失窃时间、地点很快被翻查出来，摄像头直逼到我家附近的魏公村路口，那儿有个调头位置。但天太黑，车辆一开到这，车灯便闪出白花花一片，车尾牌号根本无法识别，加上我不知道那辆我坐过的出租车的车牌。

旗开没得胜，我很失望，老民警却安慰我还有办法，说好明天继续。

第二天一早，他的车开到我家小区路边候我，我上车问去哪，他说带我去辨认司机。原来他回去就调查了出事当晚走过这条大街出租车司机，从我形容的体貌特征，他圈定了五位。这简直太冒失了，我半信半疑。

不一会我们到了一个地方，已有一辆出租车停在那，下来一位魁梧的穿制服的司机师傅。他举止不匪，和我对了一下那晚的情况，就说：“我不可能留乘客的东西，乘客忘了开票我都会给他开票。再说即使东西落在车上了，我也会想办法找到乘客物归原主的。”他说得句句在理，加上我强调给我开车的师傅是穿 T 恤、大花短裤的，他说他公司规定穿制服，是不允许乱穿衣的。我只好认输。请老警察带我再去认其他司机。

那天我们一连看了几位司机，没一个对得上。

回程路上老警察看没帮成我，多少有点沮丧。我倒安慰他听天由命吧。几天下来共同“破案”，让我对他多少有点了解。他上过南方边陲前线，负过伤，退到二线，一干就是20年。我没说自己的年龄，因为戴着帽子，他大概以为我和他同龄吧。都经过疯狂的年代，受过苦，有可聊的话题。

画丢了还能再画，让我坐一回以前望而生畏的警车威风一把，让我亲身体会一下北京人民警察助人为乐的好作风，才是我最大的收获！

这两年每当我去那家派出所办事，或在附近买菜，总希望碰见他，打听一下他的情况。退休了吧，您还好吧？

2015年4月24日，暖春

都是微信惹的祸

微信这玩意儿不知从何时开始登陆中国大陆，千军万马，几亿人啊，犹如“暴风骤雨，异常迅猛，朝着解放的路上迅跑”。

短短几年，连我们这些年过古稀的退休老人也紧跟时代，师兄师姐们人手一部微信载体——手机，痴迷到一天不看就像掉了魂儿似的。

连盛行一时的“伊妹儿”似乎都有被冷落的危机。

微信的好处不言而喻，一好友说微信最大的益处是浅阅读。对众多无读书习惯者来说起码是个弥补知识缺失的福音。再则是极大的便利，联络、沟通、发布、上网、咨询等，举不胜举。

但对我来说，一开始并不热衷，已经习惯发短信，用了好些年，足够用了。儿子爹说我不用太不方便了，似乎不用微信就会落伍，大有要包办为我开通微信的架势。

即使开通了微信，我仍迟迟处于怠慢状态，基本上还是沿用一对一的方式沟通议事。忙是一个原因，不想花太多时间在这上边，更多的是本人多少有点心理障碍。经历过运动折腾，我们这些伤痕累累的老人还心有余悸。总不大习惯和多人谈自己的想法，天生有种自我防护的意识。我知道“一个共产党员应该襟怀坦白，忠实积极，以隐瞒自己的观点为可耻”，可我做不到，又有谁真正做到了？公开自己的心事嘛，那个横扫全国上下的“狠斗私字一闪念”，今天已成笑柄。

我特别不理解那些奇奇怪怪、五花八门的代名，让我没法知道对方是谁，即便知道了，过不久又忘了。对那些隐姓埋名的陌生人，那些不知观点深浅的人，让我存有戒心。每每发微信，我会斟酌再三，甚至翻看在这圈儿里其他都有谁，可往往越紧张越会出错，发错一字都会脸红心跳。有次忍不住暂离朋友圈，发一对一的微信向我的一位师妹打听此人是谁，好让自己心里有点数。

微信没有规范，看似随心所欲可自由驰骋，殊不知其中大有陷阱之险。好似魔咒附身，发得上瘾、忘乎所以，结果惹出的是非争端不胜枚举！

你要老不“冒泡”吧，人家会催你，逼得你不得不勉强出山，发出点不痛不痒的声音；你要频发议论呢，正能量的还行，发些负面新闻，耸人听闻的，你要事先想好后果。志同道合的包容你，稍有不同见解的，你要小心人家上纲上线。

我儿子他爹原先说不参加我们同学圈的，还说绝不表态。可刚过几天，我看了看这个圈的微信，吓了一跳，这个口口声声提醒我小心谨慎的老夫子，自己却完全陷进去了。按一个同学的话说这是“忍不住了”。结果他和另一个同学在微信上拌了几句嘴，自找不痛快，幸亏都是老同学，解释一下，道个歉就罢了，可又何必自找没趣呢？

昨天看凤凰台节目，有个新名词听了新鲜，说现在有种说法：“微信已沦陷了。”

这一形容真是太准确了，今天我们信息流通到最大化，我们人人成了“低头族”，成了任何公共场合的一景。

我们现在已没什么私密可言。我们的亲情、友情、家人、同学、朋友，都被晾晒在微信的光天化日之下了！

脑子一热，不管白纸黑字的也都写了，不去用恳谈方式沟通，偏在微信上惹是生非。没矛盾的因微信掐起来，不是“杀熟”，就是无知。多了，亲人也会离心，朋友也会反目。

还比如一些展览、聚会信息，甚至讣告，你已看到了，即便不想去，不去又磨不开面子。

以上算是小事，弊端是利用微信行骗的人大有人在。近日公安及时出台警示：“任何人都可以下载你的微信头像，然后把昵称改成你的名字，再屏蔽朋友圈不让你看见，然后完全冒充你，其他人无从分辨。一些非法分子利用这点，开始用微信行骗……”对此感到骇然。

最后我想说，潮流不可能阻挡，分寸把握靠自己。

2015 年 4 月 25 日，必将升温至 32℃

保姆离开的日子

一个要加工资，一个嘟囔手头拮据能不能少加点。我家十几年的保姆突然“弃”我而去。

劝都劝不住，拦都拦不住啊！

她说都一年了，还不加点儿？

我说你每年都要涨，可我的工资不涨。

她说你没钱，可以不用人啊，干吗还要当太太？

天啊，我还当太太，你不是没看到我一天忙到晚都怎样辛苦的。

她又说我要生存，要养孩子，物价这么高。

我说我不也是涨价的受害者吗？

她说你工资低去找你们老板啊，网上你查查，都是这个价！

……

那天是2月6日，前一天她还照例在中午边吃饭边读报。她每天带饭来，用我家的微波炉加热。顿顿有白薯，把我的烤箱熏黑，诱人的香气会飘散到客厅。不知看到什么新闻了，该加工资啦，她说，这物价太高，现在每月坐趟地铁都要多三四百了。可那天恰好她刚带点菜来，一进门就嚷嚷，没法买菜了，一斤黄瓜要……

我暗想，坏了，这回八成又躲不过去了！

我家保姆，准确说是小时工，是我一位长辈亲戚介绍来的。她高中毕业，写一首好字，还会几句英文，我给她写的破纸条她都能看明白，我就喜欢她这一点。日子久了，还发现她看问题颇有点儿见地，这些年我家来来往往不少人，她会这样表态：“此人不必来往了。”“这人不可交。”云云。

她几乎还是我画作的第一位观众：“这张不错。”“这张脸还行，姿势有点问题。”她还会煞有介事地评论一番。

文化水平的优势让她在我这样的家里得以发挥。本来嘛，人家在知名大学的校长家里做过几年，来了客，她会面带微笑端一大盘切工地道的水果送到客人面前，然后用京腔说声：“您慢用。”我家钱不多，书报却堆积如山，除了赠送的几家报刊外，唯一订阅的是《北京青年报》。十来年，她是比我还忠实的读者，这也是每日里她获得国家政策和社会新闻的唯一途径。

她总是喜欢看着报发表议论，这点真像我，也许就是受我的影响。我嘛，又是受我妈的影响。我总是有意地拉着她一起关心国内外大事，家教让我天生有平等意识，而且特别有意地注意发扬这点。而对于她，多半是情不自禁。自从政府颁布每年的节假日：春节、清明、端午、国庆、中秋会有法定节假日之后，每逢节前她便会边看报边自话自说似的宣布要放几天假，言外之意，她也得享受这公民权利，名是征求意见，实际上是通告我她这几天不来了。我总归会这样回应她：我怎么都行，看楼上的意见。楼上是我的同事，她为我们两家做家政。在我看来，那家人会比我对她的“假”为难得多。久而久之，但凡过节，她怎么安排我都服从，她说哪天来，哪天不来，我都乖乖接受。反正我这人勤快爱做家务，我的难只是太忙，需要时间！

说实在，现在想想她的确有很多优点值得我留恋的。我们雇主最怕的不安全因素，诸如手脚不干净等问题，她绝对没有。她从不会多要你一分钱。我这人特马大哈，一次我刚回国，一摞剩余的美元搁在桌上忘记收起，她见了就说快收起你的钱啊，丢了别怪我。她对送她东西的态度也和别的保姆很不相同，每回她总是推让不要，即使勉强接受了，也放在我这儿迟迟不拿走。

但是我也有失算的时候，我渐渐发现自己的书生迂腐仍然斗不过性子刚烈的她。

2 月 6 号这天，我家小时工动了真格，还没开始做活，就撂挑子走了！

二

事发后的第二天她果然没来。

第三天是 9 号，我将出席杨宪益百年诞辰纪念会。那天我走得很早，临走时给她留了一张字条：

小 N：

今天我开一天会。

无论你做下去与否，你最好今天还在。附上上个月和这个月一周工资和菜钱，2300 元，多退少补。看在十几年相处情感，请包容。谢谢你的辛苦！

赵阿姨

末了还在字条上方加了几句：

叔叔上午遛狗了，你如在，下午遛。

需要说明一点，这2300元是我按照我的意愿给她加的钱，比原先多了600元。

那天的会议开了半天，沉浸在会中感动的朋友们迟迟不散。我们又结伴去逛了公园，少数几位还在一起吃谈良久。

很晚回家才发现我留的字条和小狗的衣服、链子一点未动。

显然她并没出现。

有子时才遛狗的吗？

三

显然她去意已决。罢工几天后终于打来电话告诉我下周四来结账。

四

没有保姆的日子开始了！

五

2015年8月12日天津滨新区发生危险品爆炸惨案。记起小N几年前买了天津地区的房，赶紧发短信慰问表达惦念之情，她回复了，说安好，我很欣慰……

小美人

“小美人”是忘年交小友张华丽的昵称，由我家老太太发明，居然传开，成了我们家人一提到这个美丽的女孩便会心领神会的一个特有符号。

小美人的美不是艳丽那种，娇媚的那种，也不现代、不张扬，她是偏古典又保留点乡村的无华。我画过她多次，发现她的五官几乎没有不和谐的死角。当满世界年轻女人全都秀发披肩时，她仍保持传统的发髻。

她毫不忌讳来自农村，她的家乡在河南项城。一次回娘家探亲，带回的照片里是干净的院落，湿漉漉的田埂，菜园、瓜藤、豆架，杏树、梨树，樱桃、葡萄、梅子、柿子、石榴，还有那些猪、鸡、猫、狗、鸭子和鹅。她搂着小儿坐在屋前和母亲聊天，一副享受生活心满意足的神情。

那是在10年前，还在上农民大学的她，经不住现在的丈夫在相识三天后的求婚，她认定找到了如意郎君。接着她一一通过了婆家近乎苛刻的挑剔，步入婚姻，并十分争气地在22岁的年龄顺利生下儿子曹尔。

初识印象，小美人十分寡言，这和话匣子丈夫形成鲜明对比。每回两人来访，闷不吭声的她总是在最后催促丈夫早撤，她这是为我考虑，怕耽误我的时间。那时候她还没接触到我的工作，她只知道，这个年长她40岁的赵奶奶是个写书的人，非常忙。

现在记不清小美人是从哪天开始帮助我工作，我们是怎样约定的。总之那年她放弃了求学和求职，婆婆定下儿媳要全身心照顾好丈夫和孩子的生活格局。我不知道这样的决定对如此年轻的她是否痛苦，我实在看不出她有什么不情愿。她仪态矜持，秀目含笑，始终保持贤淑和勤劳，把家里上上下下都伺候得舒舒服服。

小美人最大的优点是随遇而安，这给她带来易满足和幸福感，她安静沉稳的性格足够消散与阳光无关的任何阴影。

小美人正是在这样的境况里一步步走进我的生活。一定意义上我弥补了她担负社会责任的不足，而她更是填补了我缺少帮手的空白。

很多年后，我对她的丈夫笑说："你前世修来这么好的媳妇，我才是最大的受益者呢"。这一点儿不夸张，自从小美人介入我的创作领域，大大改变了我因精力不济顾此失彼的狼狈状态。

这些年她和我共同经历了许多我参与的事情，画展筹备、新书发布和一次次讲座，我还带她出过国，见识外边的世界。

平时的日子里，她帮我录入我初踏文学门槛的幼稚之作的手稿，有诗歌、童话、小说、剧本、散文。她还录入了我从少年时代以来的日记，包括"文革"时期，其中国外旅行日记中有大量淡彩画，她也会帮我扫描。

那么些沉寂多年的字迹混乱难以辨认的纸页，经她熟练的五笔字打字法都变成清晰的电子文本，这是对我越来越老的忧虑最大的慰藉！

近年来，她是我的第一读者，我每写完一篇，都会请她先看，听她的反应。她帮我校对过太多的文字。她对错别字非常敏锐，眼看她越来越成熟，说她现在完全可以胜任编辑工作，这一点不为过。

除了周末，在小美人的儿子上学的时间段，我和她，还有小狗松渊就是一个安宁和谐的家，是工作小作坊，也算是一个小小编辑部。除了不多的交谈，大多数时只能听到我们分别敲击键盘的声响。她送的花儿虽已凋谢但依然凝固丽质，小狗在这个不大的空间里摇尾示好。

我们忙归忙，却不会耽误臭美。我们喜欢逛街淘衣服，小美人更喜欢将我送的好看的衣裳立马穿上，那一刻她笑得更加灿烂。这些年每当我出国，头天晚上她总会在小儿睡着后来我家帮我理箱。内衣、外衣、保暖衣，尤其是开幕的盛装，她都帮我出主意，我很愿意听她的，她爱赞美我，让我这个古稀老人还能活出点自信。

小美人对我的关爱和呵护出于内心真情。一次我去看我妈，她帮我遛狗，她发来短信说她会像爱曹尔一样爱松渊。今年清明节我去重庆，她带着曹尔来我家打扫卫生，回家后发现我家的抽屉、柜子她都给整理得整整齐齐。

每当我向她唠叨身体每况愈下的担忧，她爱说："还有我呢！"她说等我走不动时就给我推轮椅。

我也会在压力太大时显出一阵焦虑，脾气也越发急了。她虽也看出但并不理会，任我说些非理性的话，继续默默地做她的事。

最近我又给她一个美名，是我小时读的中国民间故事中的美丽仙女——田螺姑娘，现代版的田螺姑娘，小美人当之无愧！

在这篇小文结束前，我还要告诉读者一件事，小美人还教子有方呢。现在看来她当初坚持自己带孩子非常有远见，她既呵护又严厉的双重教育方式已见成效。没有上下班羁绊的优势，使她可以有充足的时间带儿子跑遍北京各大充盈着知识宝库的公共场所：国家博物馆、军事博物馆、自然博物馆、图书馆、天文馆、美术馆、鸟巢、水立方，甚至是电影博物馆等。这大大开阔了孩子的视野，培养了他从小爱科学、爱读书的良好习惯。9 岁的小学生曹尔的识字量胜过同龄人，领会地理、历史、知识的能力更是超群。他已懂得佩服学习好的同学，待人接物礼貌规矩，时常帮妈妈送东西给我，小小年纪还懂得问一声：“赵奶奶您身体好吗？”

年轻、有爱心，小美人如今已是她儿子年级家长的召集人，他们有微信圈，常组织校外活动，这也大大锻炼了她自己。如今她的生活圈子越来越开阔，她不仅属于家庭，还成了有益于社会的人。

人生的命运固然不可预测，随遇而安，活出精彩，决定权还在自己的手中！

初稿于 2015 年 4 月 25 日，北京春季高温中，27 日修改

街边事之一

——你从哪里来？

一早我去遛小狗，大街上迎面撞上一个正埋头贴小广告的男孩，脏兮兮的小手，巴掌大红色的办证卡片在他脚下延伸。我忍不住拍拍他的肩膀劝道：“喂，小朋友，你知道你在干啥吗？”他仰面投来抗拒的眼神，却并不言语。我又说：“你这是在干坏事，知道吗？还不上学校去！”我脱口而出。

几天前还见过环卫工人清洗这些小广告，为铲除多年来遍布社会的“毒瘤”，总算专门制造出了一种车，再也不用像早几年那样，好多人蹲在人行道上，用小铲子一点一点、一遍一遍吃力地咔哧。

我不禁一次次好奇这些贴小广告的人从哪里来。也曾在一个朋友的指点下，注意到过街桥下，依着栏杆的一群年轻女人。她们一律怀抱着婴孩，嘴边不停地操着异地口音，重复地发出声儿并不大的一串：“有办证的吗？工作证、毕业证、硕士证、博士证……”

很少人在跟前驻足。即使有企图通过这种买卖给自己戴上得来全不费功夫、以假乱真的“桂冠”，此类交易也是很难让人觉察的。

妇孺总是令人同情的，何况这些皮肤黝黑，穿着朴实的乡下女人。我总不免要多看她们几眼，有种想和她们攀谈的冲动：难道你们不懂法吗？这样招揽虚假生意会有人相信和上当吗？又恐怕她们会对我群起攻之，就算我身边有一条忠诚无比的小狗，我一个九十斤的小老太，哪里是她们的对手？

于是只能欲言又止了。

我再一次想问却没问的事，是发生在两个月前。一天我看到街边花园的木椅上躺着一个年轻女孩，每日里占据公共座椅休息的路人不少，像这个这样毫不羞怯地在光天化日下睡觉的女孩却甚少。她顶多二十岁，衣衫褴褛，满面污垢却眉清目秀。上午如此，下午仍如此，天色渐暗，她会在此过夜吗？

一连几天，我都会注意她的行踪，吃了没，有这顿还有下顿吗？也多少会为自己只有恻隐之心而并无相助行为感到内疚。当又一天我看到她在人群中走过来，衣裳没变，脸依旧脏，两团青春红腮让我立刻判断出，看来她还安全，并没挨饿，至少没遭遇到我想象的色狼袭击！也许吧。

天转冷了，女孩再次出现。这回她随身多了一个小背包，也是埋汰至极，正坐在椅上旁若无人地扒拉着。身边小友说她神经有毛病，也许吧，那岂不更令人担心。

不禁联想那些散落在街边的，或“谋生”或乞讨，以老妪或残躯博取怜悯的人，对于安居在京城饱食终日的我们，这完全陌生的一群人究竟从何而来呢？

我真想知道吗？其实未必，一天忙到晚，哪顾得上其他。

也曾有过施舍之举，那一次是被妙曼的琴声所吸引，拉琴的是一个衰老的男人，我认定他是专业的。我顿时记起，在巴黎地铁，在牛津街头，那些落魄的艺术家赐予空气令人心醉的旋律。他和他们一样，一定遇上难以言说之困境，在弯腰搁零钱的一刻，我小声说："你拉得真好听！"

一位画家画过这样一幅油画，画面上是一个冬日蜷曲在街边角落的小女孩，从她面前摆着的一只小碗看，可以判断她在行乞讨之事。画家独特的视角恰在碗中之物——半张印有毛主席画像的人民币。显然这是某一施舍者所为，这一幕被画下来，画得越是惟妙惟肖，看了越不是滋味，越会产生一种难掩的义愤！

年关临近，一百多年前卖火柴的小女孩的故事，在今天还有意义吗？

我还想说，无论你从哪里来，我都为你祈福平安！

街边事之二

——流浪汉和流浪狗

又一次见到他迎面走来。橙色棉服，一顶呢质鸭舌帽。两条狗，宝和铜被他用一条正规的链子一起牵在手里。心里冒出一个词儿：兵强马壮！

彼此都有点无话可说的表情，因为曾几何时，我和他有过几次唇枪舌剑的辩论。只觉得两人价值观相差甚远，只能免谈了！

他，一个40岁上下的男人，个头儿不矮，皮肤黝黑，操着浓重的东北口音，眼角明显有几道深皱纹，这是风餐露宿、没有使用过任何护肤品的结果。

他不知打哪来，更不知要到哪去。

我曾好奇地去他的栖身地，那个附近地铁站背后的窝棚看过。那天他人恰好不在，几块横七竖八的破塑料布勉强遮着这个用树枝搭起的三角棚。

一开始他有5条狗，问他小狗哪来的，他说街边捡的。都是捡的吗？他说有几条是人家给的。六口的生存问题不是小事，几位住在这一带的好心肠人，准确地说是些狗友，出于对狗儿们的怜悯，对他施予援助：牛奶、鸡肉、狗粮、衣服、被子，以及狗链。还有大妈建议他干脆开个狗场算了，也算为爱护动物的慈善事业做点贡献。

自己也萌生过送钱、送物的念头，这对我来说是举手之劳。却被另一个念头给打断了：凭什么呀，年纪轻轻为什么不劳动养活自己，这不是不劳而获吗？一个从小懂得自立自强的女人，是很难与此苟同的。

又一年春天来了。一天又遇上他，这时5条狗早已缩减成两条，被人要走3条，这剩下的宝和铜大概是他不舍得吧。也奇怪，他有上顿没下顿，缺衣少食，但人家的小狗还挺肥硕膘壮，撵起我家的小狗照样凶猛。问他都喂啥了，他总是回答吃鸡肉。后来熟了，见面总要问一声吧，问好吗，他总答道好着呢，有时还说一天比一天好。我心想你不挣一分钱有什么好，总忍不住说这是你运气好，总有好心人帮助呗。他却有歪理，认为这是他修来的，是心诚的结果。他说这番话时还颇有一股布道的派头，小瞧我们这些凡夫俗子。一次争论，他说起国民劣根性，我反问那你有劣根性吗，他甩我一句："我超脱了！"

可他不想想，他是赶上好时代了，提倡以人为本的口号，政府不再随便驱赶乞丐流浪汉，或强迫扭送他们进救助站。今年暂住证也取消了，那种在街头动不动要人出示暂住证的时代一去不复返了，中国总算开始有了一个比较尊重人的自由生存的社会！

说归说，辩论归辩论，每到刮风下雨，我总会想到流浪汉和他的狗儿怎么样了。不能想象他和狗儿们是怎样挨过那些恶劣天气的。天一转好，假如遇上，我会这样说："天好了，你们也好过了。"

再一次，我牵着小狗打街心广场穿过，他叫住了我。这回他不再傲气，主动向我请教电脑。原来不知是哪位送他一台旧笔记本，他说自己会开机了，但往下怎么使就不知道了。他要我帮他连星巴克的网，说这样连上他就可以看电视了。

其实我不大爱管他的事。一次辩论他还说什么知识多有什么好，知识越多越蠢呢，他这样的人，竟然还说“文革”的好，让我火冒三丈。可今天人家求到我头上了，而且为学习，就帮帮呗。于是便蹲下给他示范用电脑的几个基本步骤，他在一旁跟我学。他说他会拼音，这就好办了，我教他打字、保存和删除。可他这台电脑实在太破了，再说没有鼠标和鼠标垫，我很不习惯。试了几次，次次失败，这网还是连不上。我又提改进生活质量的话题，叫他去找点活干，可人家说自己没身份证不好办。

不一会，我的腿蹲麻了，头也晕，又改换到街边长凳上继续操作。就这样，那个上午我教流浪汉学了一个多小时的电脑。离开前我慷慨送他一百块，嘱他去买个鼠标来。我知道鼠标没那么贵，有意多给他点，也算弥补一直没帮帮人家的亏欠。但我也知道他有了钱，很可能根本不去买鼠标，而是先去解决他和狗儿们的肚子，也许去洗个澡，他们人狗父子仨有多久没洗澡了！

果然他没去买鼠标，他还是希望我送给他一个，哪怕是旧的。他说他以为我会再来，那天等我到晚上六点。我答应第二天下午五点半给他送去。这回我按时“赴约”了，给他送去了一个鼠标，还有一个鼠标垫。

和他的关系缓和，这与单位一同事的一次交谈有关，心理发生了微妙变化。通过同事，我才了解了一点这位流浪汉的过往经历：失过恋，受过刺激，从此云游四方……

派出所的人也去他那查过，还和他老家联络过，老家承认有这么个人。原想赶他走，也就算了。反正附近每天一早有粥场，他就到那喝粥充当早饭。有时候他会吃一把豆子。他饿不死。

告诉我这些事的单位同事是位书法家，他给过流浪汉补贴，还亲自用他绝好的字抄了一本心经送给这位流浪汉。难怪我问流浪汉背的双肩包里装有啥，他说一个电脑和一本心经。

也许正是这本浓缩佛法般若学说精华的心经，让他似乎不再攻击知识。一次他竟夸奖我和同事一个写书法的、一个画画的，会使人的心纯净。

他去过清华园，他说哎呀那真是好地儿，不一般，到里面的人都会净化。他还说友谊宾馆可以上网，可他怕把小狗给弄丢了，它们可不能丢，下雪天他就靠它俩偎着多点热气。

近来他脖子上好挂有几串沉甸甸的佛珠，肩头还别了一把葫芦，一副游走四方的派头。他向我要书看，说要历史的，讲怎样治理国家的，并叮嘱我不要拿谈对象的书，那玩意儿看了心会乱。

找过对象吗？找过，那不是好事，他说。

至于我嘛，还欠他一张画像，我答应为他画的。

发稿前，惊闻那只叫宝的狗走丢了。流浪汉一脸沮丧，失去伙伴的铜表情忧伤，如同它的主人。三口变两口，没了往日的生气。

萌生恻隐之心，收养下铜吧！可他没了最后的狗伴儿，还剩什么呢？

2015 年 4 月 20 日，谷雨

对不起，我的宝贝！

那天，它在草地上忽然站着不动了。

它刚和一群小伙伴打闹完，白的、黄的、灰的、花的，个个可爱无比，都是主人的小宝贝，就像一个狗儿的幼儿园。

气喘吁吁的它，眼神里满是哀伤，发生了什么，是在向我求救吗？

我明明看到它黑黑的前右腿下垂着一根弯弯的闪烁银白色光芒的东西，我怎么不去扒开细看究竟呢？

我明明听见一冲洗它的右爪它就呻吟，好几天了，我怎么可以不当一回事呢？

我怎么可以还拽着它从北头遛到南头，爬街边的高台，让它蹦上又蹦下，还对路人炫耀它那天走了多远？

我怎么可以在它受伤的情况下还“强迫”它跑呢？

它不会说话，它不会拒绝，因为它依恋我。可我怎么可以视而不见它的感受，它的诉求呢？

它总是有求必应，无论它有多难受，它都能忍。它要应付我们这些人，人的德行它会宽容，它也有喜欢或厌恶啊，我怎么可以让它做并不情愿的事呢？

直到6月2日这天，它站在水盆里，又一声惨叫，我才抱起它细瞧，只见右爪沾满血污，一个指甲不翼而飞，伤口断在指根，十指连心啊，它忍了多久了啊，我的宝贝，我怎么可以这样粗心！

小狗的指甲长得快，我不懂得给它经常剪剪，我总是忙忙忙，这个事故完全可以避免的啊！

我的心在抽搐，腿在发软，我要马上带它上医院，一刻不能耽搁！

人命是命，猫狗的命也是命，我们都惜命，为啥不多爱护它们一点？人凭什么要高一等，凭什么要视它们为畜生，轻贱它们，甚至还要丧心病狂地要虐杀它们，剥夺它们生存的权利，从中牟取暴利！

好啦，现在宝贝已被清洗了伤口，上了药包扎好了，它安全了。虽然它暂时成了一个小瘸子，三条腿走路，三只爪着地，那只受伤的爪子被它整日高高扬起，这样儿实在滑稽可笑。请不要气馁，你不久就能康复，一定会长出新的漂亮的指甲，恢复你能上能下，弹跳能力极强，飞奔似小马驹的本事！

但我还要对你说："对不起，我的宝贝！"

最后我想告诉读者，几天后去宠物医院换药时，大夫说其实它的伤没那么严重，"那为什么它要用三条腿走路呢？"我问。"那是做给你看的，它要你疼它啊。"

哦，宝贝，我服了！

2012年6月3日，阵雨将至

借光借光，我是小狗！

那年儿子才三岁，有天带他挤公共汽车，他被夹在大人乘客的膝下，动弹不得。

“借光借光，这里有小孩！”他忽然大叫起来。

他这招儿还挺管用，顿时大人们都像被这句奶声奶气的童声惊着似的，立马让出空儿给他。

多少年过去，我牵着儿子送的这只小狗走在大街上，骄傲兮兮的，如同它是我的小孩。上班时间，街上人并不多，可我还是喜欢想象，我仿佛听见我的小狗也在叫唤：“借光借光，我是小狗！”

迎面走来一对老年夫妇，一个小小孩被他俩牵着手走在中间。

不知为何我们彼此相视而笑。

同龄老先生得意又礼貌地介绍说：“我的孙子。”我一点不示弱，接茬儿显摆说：“我的女儿！”

然后又一次相视而笑，意味深长。

自从有了这条小狗，我的家便成了一个人和动物共存的世界。我们没有对话，我们沟通靠的是眼神和手势。声音也会有的，我招呼它吃饭的声音，唤它出门的声音，而它一定会对门外叩门的陌生人发出持续的吠声，还会对不带它出门不满意地发出抗议的哼哼声。还有，它和小伙伴们追逐玩耍时会累得呼哧呼哧，我也会在一时找不到它的惊恐中发出几乎绝望的叫声。我俩最大的动静是在我出远门回来时，进屋那一刻宝贝儿的发声会变得异常猛烈，让我几乎招架不住，那是对我的抗议啊，是责怪，也是狂喜，更是娇嗔！每当这时，我也必须咿咿呀呀对它说一堆“对不起”“原谅妈妈”“妈妈也想你”，诸如此类肉麻的话。

平常日子，我们多半会安静地相处，我埋头做自己的事，它在我身边踱来踱去。有时它会将两只软软的爪子搭在我膝上，它会长时间目不转睛地凝视我，从不厌烦。更多的时候，它看我实在太忙，没空理会它了，就去睡觉，在沙发上、在床上，在任何它以为是踏实舒适的地方，自从有了我这个人妈，它拥有了最大的安全感！

“借光”是北京老话，客套话，是一个对路人打招呼借道的礼貌词儿。在北京定居久了，渐渐喜欢上也习惯使用这些老北京话。它们来自生活，生动、准确、简洁。我想世界上的人多得是，自封为地球的主宰，那些多半只能在人的膝下活动的小狗小猫们，只能靠“借光”来给自己开路了。这光，就是我们的宽容、仁慈和爱。

我不能忍受国内某地仍顽固延续着狗肉节的恶习，数以千计的狗儿会在那几天被屠宰。吃遍天下珍奇还不够，还要对我们人类自己最忠实的朋友下手！

我期待有一天中国也有一部动物保护法，让这样可爱的狗儿猫儿永远告别遗弃，告别虐杀，告别恐惧。

纪录片《小宠当家》里一位妈妈将她的孩子和小狗一起养育，她说了这样一句话：“两个孩子都比较阳光、宽厚，和狗一样。”

2015 年 4 月 23 日，谷雨第三天

乌云宝贝

不知乌云的生辰，卒年在 2015 年 6 月 1 日，那天我在场。那天正值一年一度的六一儿童节。

咽气的时间是上午十一点半，地点在北京荣安宠物医院 ICU 抢救箱里。

当时我正关注自己的小狗接受第三天的输液，小家伙隔着笼子和门还能认出我的存在，企图挣扎出来。

门里是这家医院的病房，ICU 箱摆在门外墙边的桌上。可怜的小病号体长顶多半尺，正挤在箱角，脑袋埋在浅黑色毛发里，吃力地扒拉箱壁，两只管子插在它身上。

起先我以为它也是条小狗，直到看到它圆圆的眼睛。

“是小兔。”年轻妈妈说。

“它怎么啦?”我小心问。

“脑袋被挤了一下。”她答道，眼睛一刻也没离开箱内。

她的女儿，一个胳膊、腿又细又长的七八岁小姑娘，紧靠着妈妈，也盯着箱子。

很快盯箱子的人，添上了我。

小小箱子被这么多人看着，都一门心思祈祷箱中的宝贝转危为安。

时间一分一秒过去，忽然我觉得箱中发生异样。眨眼间小病号换了姿势，它拉长了身子，侧卧铺展在我们面前，然后，就不动弹了。

妈妈慌张叫来院长，院长说恐怕不行了。他打开箱盖，仔细观察，用手指轻轻触碰它。我也跟着伸长脖子细瞧，凭经验，那片浅黑色毛丛丝毫没有起伏的迹象。忽然想起“生命体征”一词。

“不行了。”院长最终宣布。“哇”的一声，小姑娘哭出声来，哭得伤心至极，她的妈妈也掩面抹泪了。

此景多么令人动容，在这个以保护动物生命为己任的空间里，医师、护士、清洁工、带着各色生病小动物的主人，在小兔咽气这一刻，所有人的表情都变得凝重起来。

我掏出纸巾递给满眼是泪的小姑娘，自己也难掩悲伤。

我问院长：“你们这里每天都有这事发生吗？”

“不会每天，但至少一周会有几起。”

“北京有动物墓园吗？”

“有啊，现在都是一条龙服务。”

就这个话题，他随即对那位年轻的妈妈说：“现在提倡火化，只花一百元。”

“那要是留骨灰呢”，我替她问，院长说，“那要八百”。

“我要埋了它！”小姑娘在呜咽中央求妈妈。

“还是火化吧。”妈妈说，“埋了会污染环境的”。

懂事的小姑娘不再坚持了。

这时女助理员过来取死兔，眼见它已变硬。她对小姑娘说，你再抱抱它，和它告别吧。

乌云被小姑娘搂到怀里，想必他们在平常就这么亲密。她的眼泪仍像断线的珍珠，扑哧扑哧往下淌。

女助理员拿来一张彩花纹条的特种纸铺在桌上，像包糖果，又像是包裹美丽的圣诞礼物一样，她将乌云小心包好，再裹上一张白纸，最后放进一个长方形纸盒里，纸盒也是白色，上面已经写上“乌云宝贝”四个字。

这时小姑娘悄悄对妈妈说：“妈妈，我想在天堂有个不会死人的地方。”

这声音极小，却被我听见了。

许多人见过人的去世，你经历过小兔的死亡吗？

在这个本该充满欢笑的节日里，我和一个素不相识的二年级小女生一起，为一只才一个月大的小兔洒泪送别。

院长说小兔很聪明。我想说，和我们人类共存同一世界的，也应有它——小兔的位置。

写于2015年6月1日，6月3日修改

弦四
侃山

常常带着几许惆怅走进影院，出来便浑身是力量！

我接着读下去，伴着爸爸残留下的气息和一只绿座橘色罩的孤灯。

我不能选择怎么生怎么死，但我能选择怎么爱怎么活，这就是我的黄金时代。 ——萧红

外国儿童读物伴我长大

这世界上到老还留着儿时读物的有多少人，且不说儿时有没有那么多属于自己的书。

我的家庭存款不多，多的就是书。长大离家后，我爸妈一直给我们保留着这些读物。自己开始写东西了，妈说全给你拿去好了，多看看人家写的，日积月累，会落笔生花的。

双亲都毕业于外文系，长年从事外国文学翻译，又都出国教过书，自然我们姐弟从小读了很多外国的儿童读物。每逢六一儿童节，母亲会给一个孩子一块钱，让我们去新华书店自己挑书。20 世纪 50 年代，中国大陆引进很多苏联读物，每年暑假，父亲又会从德国带回许多精美有趣的儿童图册，有的还是布面印的，现在基本保存了下来，成为我童年美好时光的回忆。

比如马雅可夫斯基的《什么是好，什么是不好》，俄文原版，字体很大。因上过苏军红军小学，还认得这些简单的文字，诸如：天晴了，出门，下雨了要打伞，不要在泥水里玩耍，免得弄脏衣裳。小朋友摔跤了，要帮助扶起，老奶奶过马路，要搀扶……

普希金的童话诗是我最喜爱的书，其中《渔夫和金鱼的故事》寓意深远。美丽小金鱼为答谢淳朴的老渔夫的救命之恩，答应他要什么就会给他什么。渔夫有个贪婪自私的老太婆，她一听有这等美事乐坏了，想借此狠狠宰一刀。便一而再再而三地向善良的小金鱼索取东西，源源不断的馈赠让老太婆变得很富裕，但她还嫌不够，最后竟然提出还要当海上女霸王让小金鱼伺候她。这下把已经忍无可忍的小金鱼惹怒了，一场狂风暴雨，黑浪翻滚之后，那些被老太婆要来的东西全不见踪影，她又变得一贫如洗，守着她的破鱼盆了此一生。可惜这本书后来被一个远亲借走了，一直未还。

《灰姑娘》和《白雪公主》使我从小就明白，一个女孩天经地义就该心好和勤快，即使受了委屈也不能失去良知。两个故事自然都以收获了纯真的爱情结束，这不能不使我对自己未来的婚恋产生憧憬。我们做女孩的总会天真地幻想自己就是书里的女主人公，然而她们中又有多少人如愿以偿?

安徒生的《美人鱼》，直到今天我还能凭记忆讲这个动人的故事呢：善良的小人鱼爱上了王子，可王子将迎娶的却是另一个国家的公主。女巫对小人鱼说，我可以让你也变成一个美丽的姑娘去接近王子，但是你必须付出你的歌喉。如果他还是不爱你，你就会变成一堆泡沫葬身于大海，并从此销声匿迹。为了爱情，小人鱼答应了。顷刻间，她感到一阵撕心裂肺的剧痛，她的鱼尾被生生扯裂开一个口子，这裂口逐渐往上蔓延，直到裂变成两条修长柔软的人腿。现在小人鱼真的变成了一个和任何一个女孩相差无几的模样可人的姑娘，她来到了岸上，朝王子居住的皇宫走去，但她每走一步都必须忍受刀割一般的疼痛。她终于见到心爱的王子了，他正在宫外散步，她在王子面前跳舞，他看她面色苍白便俯下身关切地询问她从哪里来，有什么不舒服吗。小人鱼心潮起伏却无法用人的语言表达，只能用她那双会说话的眼睛看着王子英俊的面颊，嘴里发出微弱的奇怪的声响，如同深海里发出的海螺声。王子以为她是个哑巴，安慰几句就离开了。时间飞逝，王子大婚的日子临近。假如王子依旧不能觉察小人鱼的芳心，她的死期也快到了。

那是个月明风清的晚上，王子出发去迎娶新娘。婚礼后他们乘船去远航，小人鱼悄悄尾随在其后。隔着纱幔，她看见王子和躺在他臂弯里的新娘，多么幸福般配的一对，睡得好香甜，全然不知小人鱼的存在，更不会知道她内心的煎熬。

箴言开始应验，小人鱼也到了最后的时刻。就在王子婚床的船边，她浸在海水里的身体在一点点肢解、萎缩，直到变成一串串泡沫漂浮在海面上。“祝福王子、公主幸福，白头偕老啊！”这是她留在这世界上的最后一句声音。

要说我一辈子都崇尚的自我牺牲品格，包括在爱情上的犯傻和迂腐，这启蒙和熏陶便是来自《美人鱼》。

长大点儿，我读了苏联英雄卓娅的母亲写的《卓娅和舒拉的故事》《古丽雅的道路》，我至今都珍藏着老版本。我以她们为楷模，这些颂扬英雄主义和牺牲精神的书，曾经影响了我很多年。书中有一个细节，古丽雅有个习惯，学习困了的时候就用凉水浇头。我就仿效她，开始是在中学做数学题费劲时，就去水龙头下用凉水拍打脑门让自己清醒，我发现这个法子不错，一直到现在只要自己工作一累，就去用凉水拍脸，果然马上振作起来。

还有一篇苏联小说《诺言》我始终记得。讲的是一个小男孩参加了少先队在公园门口执勤的任务。规定没有人来换岗不得擅自离开。男孩站了很久，换岗的时间早过了，不见有人来换岗。路过的好心人劝他离开算了，因为着实不是他的责任。但是男孩不肯接受这个建议，坚持站下去直到有人来换岗。

其他苏联儿童读物有《亲亲爱爱一家人》《小山梨儿》《马虎大意的人》。《快乐的小诗》由我国老翻译家任蓉蓉先生翻译，20 年后他为我这个当年的小读者签了名。这些都是一些题材轻松、健康向上、风趣幽默、图文并茂的书，插图极为精美，数得上寓教于乐的经典。

苏联著名儿童文学作家盖达尔经历过卫国战争，为孩子们写了很多书，《普通一兵》《丘克和盖克》是其代表作。其中短篇小说《一块烫石头》寓意深刻。他描述了一位残疾老兵战后回到村子，时常遭到一些不懂事的村童的嘲弄和欺负。老兵并不生气，也不为此沮丧。他给孩子们讲了一块烫石头的故事，他说："你们看，这块石头千疮百孔，要多丑陋就有多丑陋。可是它从不懊恼，因为它经历了许多事，它不怕困难，从不气馁，反而很骄傲。"老兵最后说："我身上的伤疤是我的光荣，假如让我重过一遍人生，我还会这样生活。"

1981 年北京语言自修大学作文考试中，我写的作文中引用了盖达尔这个类似寓言的小说片段。那时我的写作生涯刚开始，锲而不舍的一股劲已注定了！

写于 2015 年 3 月 9 日，大风后的大晴天

《呼啸山庄》少年读本诞生记

南京大学教授、我爸的研究生唐建清主编的一套名为“郁金香卷”的外国文学少年读本，2001 年 1 月由安徽少年儿童出版社出版。一晃 14 年过去了。

2000 年 6 月 18 日，主编在寄语上写道：“在当前我国中小学实行‘减负’、推进素质教育的大趋势下，及时为广大少年儿童提供一套健康有益、生动有趣的外国文学名著的故事读本，十分必要。”他在介绍国外这类简易读物已成为良好的社会效益，而我国这方面尚缺的现状之后表示“尽可能广泛地把外国文学中最优秀的作品改写介绍给我国少年儿童”。“不仅让小读者能读到一个个优美的故事。而且通过‘导读’，能对外国文学在不同时代的发展有所了解，对某个作家某部作品的文学成就及文学地位有所了解。”

主编最后保证“我们的改写本既忠实于原著，在有限的篇幅内保持原著的精华与神韵，又力求故事生动、语言活泼，并在尊重原著的同时有所取舍，适当适度地回避一些‘少儿不宜’的描写和文字”。

寄语完成月余，我到了南京，我妈作为这套少年读本的作者之一，不幸在装修房子中病倒住了院。8 月 2 日这天我又去医院陪床，唐建清和妈的小友邓小文已先到一会儿。我当天的日记这样记载：

小唐中午来送爸爸的一百本书，他说杨先生得抓紧把要写的写出来，赵先生去世后眼见她衰老。没想到他俩（师生）那么像，也有紧迫感。关于《呼啸山庄》改写本，他希望我协助妈完成。因为只有她最合适，只要把缩写本一改就行。这套书我本来就想参与，可惜心有余而力不足，这是指时间。

晚上翻看《勃朗特姐妹研究》至一点。我的文字似乎可以更深一层。

唐所指的缩写本是我妈根据自己的全本译作缩写的另一本《呼啸山庄》，1998 年由人民文学出版社出版。

我这才了解这套外国名著少年读本都已签了合同，《呼啸山庄》少年读本名列第十本。出版社要求 2001 年年初上市参加全国一年一度的订书会，只剩下半年时间了，这还了得！

2000 年是我退休的第一年，对于我，退休并不等于休息，我的第一本开写了三年的书稿正在节骨眼上，它对我意义非常。加上刚买下的单位房在装修，我还面临搬家的诸多困扰。唐说得简单，写一本书谈何容易。所以尽管他信任我，我也不敢马上应允下来。

面对师母的健康状况，主编唐建清即使心里着急也并不敢太催促。

直到两周后他又来访了，情况大为转折。

我特意写下：

今天最重要事是小唐的来访。

也是从这天起我开始注意读有关书籍，以便让自己进入状态。还是用我当年断断续续的日记来叙述这本少年读本的诞生记吧！

2000 年 8 月 14 日　星期一　闷热　雨

带来三本书到病房看，一本是《勃朗特姐妹研究》，一本是《司汤达传》，再一本是《意大利遗事》。第一本我在 16 舍翻过，惊讶杨静远女士的治学精神，收集了如此丰富的史料，其中夏洛蒂·勃朗特的最多，因为她的《简·爱》首先获得承认，而且她长寿点。两个妹妹相继去世后，夏洛蒂·勃朗特担起了为她们的小说写序的责任，她甚至还为贝尔的化名撰文解释。她的回忆让后人了解了她们姐妹的生活状态的真相。当她发现艾米莉的诗才时，她是如此受到感染，小妹妹安妮进而也羞怯地将自己写的诗拿出来，于是才萌生了联手出诗集的念头，当然是自费的。

我更细致了解到艾米莉的性格形成，她的内向、忧郁、激越的感情特征。她对镇上的人的细细体会，她能对流传的故事加以想象。她一生中从未恋爱过，却能写出像凯瑟琳、希刺克厉夫那样刻骨铭心的爱情。她是天才！我才知道夏洛蒂除了写小说还写了不少短文、信件，谈出版、介入辩论。19 世纪的乡村女子已很活跃，她多次拒绝求婚，最后嫁给了父亲的副牧师。可婚后几个月她在怀孕中患了疲乏症，去世这天晚上她给丈夫念了她的新小说，刚念几页就咽气了。

但是进入 20 世纪人们开始褒《呼啸山庄》，而贬《简·爱》。因而又有人抱不平。应该说勃朗特姐妹是英国文学史上一个奇怪的文学现象，她们各有所长。因为妈妈的译著也使我有了勃朗特情结，深入研究下去，有时觉得自己身上有那一百年前姐妹的元素。

2000年8月15日，星期二，多云

与小唐的一席谈话促成了我们母女共同改写《呼啸山庄》的计划。唯一的顾虑是怕妈累着。要是我不在南京，这事八成要吹，4月的约稿，妈在装修初期完成了5000字，而后因种种干扰搁浅了。

对于我将意味着推迟回京，推迟收拾411，更大的损失是自己的书稿再次延误。但是做成另一件事，而且和妈妈一起是一件挺吸引人、挺愉快的事，就这样，在干三病区病房里我们商量了怎么干。

像去上班一样，拎着一包资料，我一早去医院，因为从今天起，我要用半个月时间（其实不到）赶出一本书——改写妈妈的译著。这只红色纸夹是昨晚颇费劲才找到的，现在书、人俱全，只欠时间和力气了。

我们先按妈妈口述、我记录的方式，她边说边删掉繁复的句子，渐渐发现她不习惯念，我也被动，有几次我主动编句子，连接情节，因为对我来说不太难，像说话一样，用朴素的叙述语言娓娓道来一个发生在17、18世纪的英国北部偏僻荒野的辛酸故事。妈妈叫我先完成第三部分“复仇之果”，说4000字一日，300字的稿纸，我写了12页。最后一段我是拿回家写的。

2000年8月17日，星期四，晴

我惦记去复印书，花了近20元，等了1小时。现在有了复印件，妈妈好删改了。

但是今天效率很低，干扰太大。上午分完章节已到开饭。

2000 年 8 月 18 日，星期五，阴

好容易安静下来，我与妈妈补点吃的开始工作，我催妈妈再改一章，妈头晕睡了，我补日记，心想自己是否过于工作狂？

稍歇后（护士老来催量温度，没睡好），立即投入写稿，有妈妈删改的基础，我很好整理，笔尖几乎不停地在稿纸上划拉，顺手修得更精炼些。今天又进展 11 页，算算有了近万字。但是更大量的还在后面，妈不能老干，我不好催，她和爸不一样，不能专心做一件事。我真想自己来删改，但她说有她先干，安全。

2000 年 8 月 19 日，星期六，雨天

今天统计，改写已完成 20000 字了。

2000 年 8 月 20 日，星期日，晴

难得的雨后天晴，从干三病区的窗外往外望去，一片清朗。

病房里一天很清静，我和妈妈流水作业式的配合，又有了新的进展。

2000 年 8 月 21 日，星期一，晴

晚上又统计一遍，已写出 39000 字，至此，缩写本的第一部、第三部以及楔子、尾声均已完成了“改写”。说改写不准确，说再次缩写还合适些。今天一天在病房整理出 6900 字，妈说太多了。要不是因为干扰，我会写得更多。

2000 年 8 月 22 日，星期二

我本希望妈能在今天填好章节标题，看来没希望了。一天都有看望者。

2000 年 8 月 23 日，星期三，晴

今天总算让妈妈列好了各章标题，但我不大满意，又改一稿。但愿她明天开始删改第二部，我其实完全可以用 3 天时间全部完成。

2000 年 8 月 24 日，星期四，晴

和小唐约好 9 点交稿。还剩一个来小时。

小唐准时来，我交出第一部 9 个章节。他说这次是夫妻合作、母女合作，我说还有师生合作。

2000 年 8 月 26 日，星期六，晴向雨

妈已交给我第二部全部章节，弄完第 2 章，感到有点吃力似的，也许是她删得太少，我担心超字数。

2000 年 8 月 27 日，星期日，晴

两点半赶回医院，妈刚睡完午觉。我因缺觉头晕沉沉的，勉强写了第 12 章这部分。

2000 年 8 月 28 日，星期一，晴

一天病房清静，总算完成第 12 章（第二部）。越往后越感困难，也许太疲劳，也许这部分对话太多，不好改写。假如是我一个人改，我会放开重写，现在要受缩写本约束，等于二度创作。但我都能对付。5 年来的电视编辑实践，22 年的文学创作，我学会了运用各种文体，到头发现最朴素的叙述方式是最高境界。向前辈学习，又不迷信前人，虚心自信是我的信条。

2000年8月29日，星期二，晴

当晚写完第14章。开始订票。

2000年8月30日，星期三，晴转阴，傍晚大雨

什么也顾不上了，埋头继续抄写下去。早上9点半，小唐取走第二批书稿，约两万余字。他带来第一部9章打字稿，我们约明天争取完成最后文章。为赶进度今早起写出3个章节，多速度！

晚上又开夜车，完成第17章，明天只剩第18章，有望交稿。

2000年8月31日，星期四，阴转晴

中午12：50，我终于完成60000字的《呼啸山庄》改写本！一大摞的稿纸证明了我的成绩和辛苦。

由于昨天加速，今天早上只需写出最后一章就万事大吉，准时的小唐满意地来取走书稿，并答应周日送来打字稿。

2000年9月1日，星期五，晴

妈出院。

2000年9月3日，星期日，闷热

上午校毕稿子。

校对第二批《呼啸山庄》的改写稿。

2000年9月4日，星期一，晴

继续校对稿子，本想午前弄完，饭后继续校稿，直至全部完成。小唐改为下午4点来取，电话中他说我的文字使他想起赵先生的作

风，也是很细，一个标点也不放过。他还感到我注重文章朗读的效果，这也像父亲。

感谢妈妈，让我最后执笔了本书的故事简介：

弃儿希刺克厉夫被呼啸山庄的主人收养，从小与山庄主人的侄女凯瑟琳小姐性情相投进而产生爱情，但因地位悬殊，不能结合。当凯瑟琳出于虚荣，想嫁给画眉山庄的林敦少爷时，他便悄然出走，不知去向。三年后，希刺克厉夫返回呼啸山庄，这时凯瑟琳已经结婚，但他们两人旧情难忘。凯瑟琳因早产而死，希刺克厉夫对凯瑟琳怀念不已，不久也郁郁而终。

至此，一部震惊世界文坛并经久不衰的传世之作，29 岁离世的英国女孩艾米莉·勃朗特唯一的一部小说《呼啸山庄》，在百余年后由中译本的译者、也是本书名的创意者杨苡和她的小女儿写成了一本少年读物，以飨广大求知欲旺盛的孩子们。

2015 年 3 月 31 日，北京第一场春雨之后

笔记司汤达

15 年前夏末我在南京，白天为住院的母亲陪床，晚上读了马修·约瑟夫森所著的《司汤达传》。

司汤达的故事，我可以说越来越熟了，以往所写的不满足，这回在南京得到深化和补充。他几乎划时代的伟大贡献已经不那么抽象，变得具体、形象了。现在我可以说我喜欢这个作家，和爸爸一样。除了他伟大的作品《红与黑》《巴马修道院》《意大利遗事》《意大利绘画史》《关于爱情》外，还因我佩服他对自己坦白，这是很难做到的。正因如此，他为后人留下了大量日记、笔记、碎片，可以足足写出很厚的一大本翔实的传记（远不止一本）。

司汤达终生未娶，却曾 12 次坠入情网，在对爱情渴望和热烈上一点不比常人差。一个作家没有丰富的人生体验，要写出感人的作品从何谈起，我相信这点，所以也越来越注意积累，注意观察，我相信我会坚持下去的。

我将从所获得的素材中挑选几件代表司汤达特点的事件，比如他的遗传特征，他的受教育程度，他对政治的热衷，他为何去意大利以及他的爱情。我更感兴趣的是他随拿破仑远征俄罗斯，1863 年怎样撤退下来幸免于难，因而他对战争的描述使巴尔扎克迟迟不敢动笔写战争。他最深刻的爱情对象是梅蒂妲。她从未委身于他，但他相信，她还是爱他的。

我更关心司汤达是如何写出《意大利绘画史》的。“没有工作就没有幸福”，他对自己说。正如传记作者说他“在没有爱情时，总还有艺术这一财富”。这是 1811 年的事，他在意大利度假，他参考的是瓦萨里的《画家传》和兰齐神父 5 卷 1900 页的历史作品研究，以及博西的著作，他翻译它们，有了 12 部大开本手稿，并注满画家简要评注，期间还有战争干扰，直到 1815 年。1816 年他写完两卷评论佛罗伦萨画派的手稿，第二年在巴黎付梓。开始我对此真有点纳闷，读后方知他年轻时学过绘画，在巴黎听过艺术课。在手抄本上画过数以百计的速写，但并没绘画天赋，他对绘画的兴趣在于他孤独时的享受，他曾在米开朗琪罗墓前感动流泪，但他毕竟不是个画家。他的出色在于写了有关达・芬奇 100 页的论文等。之后，他虽被保尔・阿伯莱指责为剽窃，但这是一本他第一次表达自己真实人格的书。

德国人威廉・魏其德说：“司汤达是那些将艺术看作是一种整个文明的精华，并且指出艺术家得以产生的根源是气候与道德习俗的第一个人。”

司汤达是最早把米开朗琪罗比作但丁的人。

该书末尾这样写道：

现代人的乐趣是要求艺术……再次用它们在我们好战的祖国环境里有过的同样精力来对我们说话……困难在于人们看不到十九世纪所寻求的东西，它真正的特征是一种对强烈感情的不断增长的渴望……

我们要寻找的正是这种激情本身。因此通过一幅人类心灵的精确而又富有灵感的油画，把这个新世纪与它生前一世纪区别开来。

马修如此评价：

在姗姗来迟的浪漫主义征服法国，15或20年之前，这既是德拉克洛瓦、籍里柯、库尔贝做出的精确的预言，也是巴尔扎克、雨果、司汤达本人所做的预言。

1817年7月由皮埃尔·迪多出版了司汤达的画作手稿，共印1000册。舆论不利于它，只卖掉284册。但歌德爱不释手。之后两个月，他另一本《罗马、那不勒斯、佛罗伦萨》上市。它是一本回忆、印象和旅行笔记、杂录。也是意大利建筑、绘画、音乐和道德习俗的笔记。

1818年的米兰，到处可以听到年轻的烧炭党人谋反与策划暴动的声音。司汤达虽然忧虑他热衷的人生享受、他的音乐、他的女友等一切构成幸福的东西会在这不测事变中丧失，但他本人却因此和革命团体接近了。拖他进这张网的竟还是爱情！

我做的笔记似乎太长，我庆幸自己在读爸爸生前读过的书。书的几乎三分之一的纸页上写满他记下的红色眉批，中文的、外文的。显然他没读完（也许只是没有批眉下去），我接着读下去，伴着爸爸残留下的气息和一只绿座橘色罩的孤灯。

2000年8月22日灯下笔记
2015年4月28日雨后阴天整理

向点亮时光隧道的人们致敬！

我接受守华为她第一本书写序的邀请后，很快就发现自己应诺之唐突。这部短则近五千字、长则近万字的18篇文章，132100字的书稿，不是一般意义的散文结集，它囊括了历史遗案、文化墨迹、建筑艺术、人物传奇、人文景观等各个领域，上至数千年，下至近百年。我对自己是否胜任有了疑虑。不敢敷衍，动笔前先将书稿通读数遍，像一个虔诚用功的女生，带着强烈的求知欲去探究浩瀚的宝藏。这是一次绝好的学习过程，开阔了眼界，拓宽了知识，更为自己的学识肤浅和孤陋寡闻一次次汗颜。

本书以“档案”冠名，不如称之为一部抢救中华文化历史瑰宝的功劳簿。倾其一生为之奋斗的人们，则是我们民族的功臣，而他们多半是默默无闻的！

这些多半鲜为人知的名字，且不细说是如何被自称“笔者”的作者费劲寻觅到的。让读者们看到的是，她已经走到了他们或他们的后人面前，不耻下问。她虔诚地向被询问者讨教，与他们促膝谈心。于是，一个个久远了、褪色了、淹没了的尘封已久的古往旧事被挖掘出来，挽救出来，重新散发出本该夺目的光彩。

细数每一个不同领域代代传承的脉络，一个个小家姓氏所承接的却是浩大的世界。作者就这样如数家珍般向读者娓娓道来。

锦屏文书，杉木林背后的百年契约，让我们看到了“万木塞江，鱼歌唱酬”的壮观，于是认识了最早发现山林契约的贵州省民族研究所的杨有赓先生。

水书，“天书”般神秘的水书。而水书先生们，则默默无闻再普通不过，如邻家大叔。他们个个身怀绝技，却能为了水书的安危忍受屈辱。

样式雷的“图样”“烫样”，被作者称作皇家建筑纸上的博物馆。那个祖籍江西的南方匠人雷发达，不会想到日后他们雷姓会成为中国举世无双的古建筑世家。而中国营造学社的创办人朱启钤先生等一批先哲们更是功不可没。

还有“算房高”，虽则只是清代内务府一批算房的一个支脉，细述承办过 100 多个皇家工程：祈年殿、颐和园、圆明园、正阳门……足以后人炫耀了。作者真实地记录下高家人捐献档案和高兰亭 400 余份档案保存下来的曲折历程。

那些寄托亲人的 10 万封潮汕侨批带有浓浓乡情，那些“水客堪称侨批业的先行者”传递飞鸿，在战乱中“靠的就是诚信”，令人动容。

本书还披露了曲阜“衍圣公府家藏文书档案遭劫，国家组织抢救、整理这批档案的经过”。在抢救过程中，凭的是“片纸不丢，只字不损”，把档案保护下来的满腔热情。

《那桐日记》讲述了清廷高官笔下的晚清社会，作者大量引用原文篇章，读者不仅能细细品味久违了的文言文，且能感受到其叙述的细节周到、简约生动，作者同时还清晰地叙述了其历史价值和保存情况的来龙去脉，叙述使人读来十分过瘾。

我注意到作者就《那桐日记》，阐述了对这一文体的独特见解。她写道："日记为流水账，只是记事，少有议论，甚至有些琐碎。但言简意赅，少则十几字，多则百余字。可能正是因为'琐碎'，才让后人读起来有'丰满'的感觉，也因此让普通读者从日记中读出了趣味，窥见一些历史现场和清朝达官显贵日常起居的诸多生活细节。"

旷世孤本《赵城金藏》，更像一部惊心动魄的传奇。在她的笔下，笃信佛教的金代女子崔法珍、广胜寺范成法师、地委书记史健率领的将士们、历史学教师张文教，直到将拾到的两册经卷无偿献给国家的洪洞县南山底村的冯玉璋、冯玉玺兄弟，读"这部古经终于告别了颠沛流离的命运"时，我们才松了一口气。

从商鸿逵代刘半农完成的《赛金花本事》的离奇事件上，读者可以圆满地看到多年的纷争已尘埃落定。

作者的视角已超越国界。一位视中国为第二祖国的美国女子格蕾丝·狄凡，因 40 个寒暑春秋的越洋家书走进读者的视线。

我们又怎能不为金满成拼死保存五册留法勤工俭学档案而肃然起敬呢？"那场仅仅持续两年的留法勤工俭学高潮，让近 2000 名的中国热血青年远渡重洋，探寻真理之路"被翔实地记录下来。

建立在"距离紫禁城只有一公里豫王府的协和医院"，跨越 85 年 240 万份的病案史风雨，让读者看到作者独具慧眼，不愧为档案系的高才生。

将高君宇、石评梅的墓碑迁移始末列为解密档案，也是作者的独创。

中国首次参加的芝加哥世博会，正逢日寇入侵、民族危亡的时刻，使其一波三折更显悬念。最终赢得成功大快人心，足见作者视野之广。

列入《中国档案遗产名录》的钱塘江大桥磨难重重，在战火中建造，又在战火中毁灭。我们除了仰慕桥梁大师茅以升之外，是否还应该感谢他的秘书郑淑涓？

我们也不能忘记为传扬梅兰芳艺术，为国剧档案倾注了毕生心血的齐如山。他的专著达三十余种，却因未完成留在大陆的有关史料抱憾辞世。

梁思成是幸运的，因为有了林洙。梁思成改写了她的人生，他的学术因她的坚持而留住。

上述粗略道来，竟与我向来看重文物保护的意识不谋而合。读时我与先民古人对话着，被感动，被震撼，时而揪心，时而振奋。读罢全书，因天灾人祸，愚昧无知带来的对古籍的浩劫，一幕幕浮现眼前。心里不免沉重。

作者一再提及的“文革”，表露个人鲜明态度和多少无奈。迫害、抄家、销毁、东躲西藏，“让人扼腕叹息”。一边冒死捍卫，一边国人自毁，其严重程度有时竟超过外敌侵略，这远比“霉烂虫咬”更令人心寒！

噩梦醒来，我也从为难的焦虑，净化到荣幸和感激交织。

作为亲历过20世纪五六十年代的人，庆幸一纸档案决定命运吉凶的时代一去不复返。尊重生命，尊重历史，尊重事实，不虚假，不伪证，已逐渐变成正直人们的共识。

感谢作者向我本人和读者提供了这样好的一本书。眼前再次出现一位这样的女性：清瘦的瓜子脸，书卷气十足，背着行囊，颠簸在逶迤山路上的画面。她日复一日、经年累月地与资料打交道，却不安于闷头查档案。她为获得第一手资料不辞辛苦，奔走大江南北。这是一种崇高的民族责任感，我们完全有理由向她致敬！

本书最后以一篇“用文化遗产锁住人类记忆”作为结束。

那条悠远而漫长的时间隧道里若隐若现地闪烁着点点灯光，那是人类的记忆之灯。我想说，守华当初的选择是对的。记者有千万，“一个是站在事件最前沿的即时报道，一个却又要在烟消云散之后，抖落片纸只言的灰尘，为日后留下痕迹”。作者做的事是后者。中国稀缺优秀的档案工作者和对历史刨根问底的人。况且她具有大手笔叙述方式的才能，她也是点亮时光隧道的人。18 篇远远不够，需要更多的源源不断地开采历史金矿，我们的希望在此！

相识 6 年，祝贺与友情，让我斗胆写下拙文，权当抛砖引玉，是为序。

2012 年 3 月大雪初稿
2012 年春分定稿

为阿琪新书试导读

2011 年对我来说，有一个意义：结识了女作家阿琪。她恬淡的笑容，笔下的睿智，不说相见恨晚，也到了别有一重天的地步。

世上竟有这般叙述方式，以解析同性族群命运而怜香惜玉。我们引以为傲的美丽方块字，她把玩得游刃有余，每每读下去，都需退回到起点方能领悟其内涵，几次会疑似自己愚笨了。

男男女女平常的日子，在阿琪的书里变得如此通透、妙不可言。不禁遐想，假如每个中国女性人手一册阿琪的书，岂不让我们大家少些失望、少些懦弱、少些惆怅，而燃起爱下去的火焰！

这一切都源于南通女作家超敏锐的眼睛，发自内心的爱以及那流水一般沁入心扉的文字。

题外话，有谁配得上阿琪，能与其比拼高人一筹的心智呢？

写于 2012 年 11 月 3 日

宁文印象

1998年9月，陪父亲从北京回南京。一天外出回家，推开通向小院的后门，发现有客人坐在门边的沙发上，父亲以惯有的坐姿坐在靠窗的书桌前，一老一少正谈得投缘。客人完全陌生，壮实的毛头小伙，不像大学生，亦青春扑面。父亲简单给我介绍他的姓名“董宁文”后，继续他们的谈话。父亲的眼睛发亮，埋头著书的他难得有此空暇，显然聊的话题深深吸引了我老爸。

现在完全不记得在那个明媚的秋日里他们都说了些什么，但完全可以肯定我当时的感觉，因为那都是属于文学圈里的人和事，关于书，关于传承文化历史的意义。说实在的，那一刻我实在有点吃惊，要说我这个成长于书香家庭的孩子对这些熟悉不足为怪，可面前这个尚有点土气的青年怎会如此谙熟甚至痴迷呢？况且他的谈话对手是一位20世纪40年代毕业于西南联大外文系满腹学问的老教授啊，我不禁脱口而出一句赞叹：“你真不错，还挺有抢救文化的意识啊！”

他稍带羞怯地笑笑，算是对我这个按理是陌生阿姨辈直言的回应。

老少美谈的五个月后，过于用功的老教授父亲去了，仿佛给这个青年留下了承接文化遗产的厚望。

一晃，宁文带着他特有的笑容和《开卷》一起走了15年。眼见得他的笑容里渐渐添了知识含量、自信、人脉和主持会议的沉稳，以及随着这些让自己短寸发型里撒进了银白。

还记得我当车夫送你去登门拜访那些文化“遗老”吗？还记得我们一起去看望94岁的杨绛先生吗？她因我是画画的便喜欢和我聊天，而不留情面地不许你拍照，你却忍不住偷拍了几张。这是我第一次、也将是最后一次见到这位可敬的老人，因为有你的执着和陪伴。假如没有那天温暖的会面，我连这点记忆都会没有。

可以说15年来《开卷》关爱了、又送别了太多的文化老人和忠实的作者、读者。惭愧的是这15年来，虽然我收到你手写信封的《开卷》无数本，却很少投稿支持。仅一篇小文还是你的绝妙创意《我的书房》的征文，我有感而发写了《我睡在书房里》。

值得我庆幸的是，如今我们的董宁文已成为我母亲的身边人之一。我和老太太一有什么事就会马上想到你：访客、活动、生病、稿件书籍传递等，这些年没少麻烦你。这对远离南京的我来讲是莫大的慰藉！

最后我想说，文学理想之路上不分年龄。15年来，我们其实在一起成长。在这个美好的纪念日里我祝我们大家的朋友《开卷》永葆生命力！

2015年3月24日，春分第三日于北京

你该怎样学画画？

——由首届中国少儿水墨画邀请展引出的话题

几乎现在所有的已经长大了的人们，当他们回忆自己的童年，都会异口同声地感叹说：“我小时候也爱画画来着，可是……”显然，他们的“可是”里包含着许许多多的无奈和遗憾：没人教、没有经济条件、家长反对、自认不是这块材料等，也许其中真有那么一些本可能成为画家的人才就这样埋没了！而如今，当我们又到处可见这样一种情景：这么多的父母，甚至是爷爷奶奶，心甘情愿地陪着自家的“小皇帝”作画，我看见过数小时蹲在展览大厅冰凉的地上的妈妈们，也看见过冒着大太阳给画画的孙子摇扇子的奶奶们，这般望子成龙的渴望眼神，常常会令我这样的经历过美术坎坷之路的人感动之余又不免有些担忧。这些年，我总会被各种关系的人们约请，为他们的那些待考的孩子看画讲画，在盛情难却之中帮助考生，其实更是满足家长们自己寄托后代搭乘艺术之舟，获取成功的欲望。我不能说他们有什么不对，他们有自己选择的权利。在眼下门户开放、又处处宣传要与国际接轨的时代里，机遇充斥各个领域，更何况是从古到今一向被人推崇的艺术殿堂呢？

中国原本具有最好的滋养艺术苗子的天然条件，中国有大江大河，有辽阔的疆土、东西南北风貌各异的人文景观。中国早在距今180万年前就有了岩画和最初的美术萌芽。号称上下五千年的文明发展史，离不开石器彩陶、玉雕编织和木雕青铜，它更是从战国帛画、先秦壁画、秦汉画像砖与兵马俑，南北朝的庙宇和石窟佛像，甚至是从徽州版画、明式家具、园林、桥梁、门墩、漆画以及杨柳青年画中展示出来的。所有这一切的卓越创造，无不源于作者们从生产劳动和生活里面获得的体验和感悟。当魏晋出现了中国第一批有记载的名画家后，一批又一批的山水、花鸟、人物画家和画派及他们的作品相继诞生，形成了足以和世界比拟的画材及艺术样式。这就是属于我们中国的、独一无二的水墨画。

笔者惊喜地看到在征集首届中国少儿水墨画邀请展的参展画作中，全国有40个地区的孩子们踊跃报名参加。这说明，我们的水墨传统还没有失传，它后继有人！更可贵的是，从初选的150幅作品中，我们已经发现了具有真正艺术气质的璞玉。正是因为这些十分可爱又率真朴实的画，让我在提笔前唤出了本文的标题——你该怎样去学画画？我不可能将这些优秀画作一一介绍给读者，我只想告诉你们一件最重要的事，小作者们画的都是生活，他们已经初步懂得去画自己的生活！山西长治的小朋友们的画特别具有乡土气息，稚趣的笔法将一幅幅淳朴的村图画面呈现在观众面前。你瞧：这是一个充满阳光的农家小院，两棵绿荫大树间拴绳晒着一串衣裳，狗在叫，一汪鱼池设在院当中。另一幅是七岁的刘艺丹画的《我们去浇水》，两个梳辫女孩共拎一桶水向远处走去，小鸟在她们头上飞，可以想象，新栽的小树正翘首盼望着。还有《窑洞课堂》《爷爷在磨坊》等，都生动描画了天天发生在他们身边的人和事。汕头的谢滨蔚小朋友生活在繁华的南方城市，他画了《排队理发》，我们好像能听见那间美容美发廊里“嗡嗡”的吹风机声，闻到潮湿又热烘烘的气味。值得一提的是来自天津的《扭秧歌》，我相信，只要目睹过这些常年流行活跃在城市街道旁的秧歌队的人，都会立刻被王天群小朋友这样入木三分的表达弄得忍俊不禁了。北京的李培和李博闻小朋友的人物肖像画很逼真，他们显然是受过从写生入手的正规美术教育的熏陶。

现在喜欢画画的小朋友们该知道怎样去画画了吧？只要真的爱画画，你不用家长催促也会自觉去画的。因为其实画的内容和对象就在生活里面，在你自己的身边和视野中，就看你会不会去发现、去捕捉。这次被邀请的小画家们已经为大家开了一个好头。就像讲话聊天那样，就像写日记那样，说出来写出来就会高兴。自自然然的，轻轻松松的，看到什么就画什么，心里怎么想就怎么去画，就用毛笔蘸水墨在宣纸上大胆画出来吧，你的画一定会有意思，一定会好看，一定会亲切动人！法国有一个印象派大画家塞尚说过：“能把平常事物画成艺术品的一定是真正的艺术家。”希望在这次水墨展的带动下，形成一种画风，摒弃虚假做作，提倡返璞归真，让我们中国的热爱绘画艺术的孩子们中多多出现真正的艺术家，发扬传统，改善现实，憧憬未来！

2002年5月写于北京

寻觅他们的世界

近几年来，我国儿童版画像雨后春笋般出现。孩子们用稚嫩的小手握住着圆刀、三角刀、平刀，在大人们的边边角角的小合板上刻自己喜爱的事物：猛兽和飞禽啦，山峦和溪流啦，太阳和云朵啦，观音和古树啦，还有从书籍和电影、电视中见到的他们所崇拜的各种人物。

用自己的眼睛观察，用自己的脑子想象，小作者们刻出了充满童趣的世界！

在这个世界里，刚到我家的小白兔瞪着圆圆的眼珠，怯生生的，好像在问："喂，我就在这儿吗?"小作者傅鸫大胆地选取脑袋正透视姿态，刻出来的画使人联想到一盏过年时提着逛庙会的兔灯。兔毛刻得尤其生动活泼，这是他们抚摸过无数遍毛茸茸小白兔的感受。而张飏刻刀下的狮子大王正抖擞着满头粗硬的毛发，迈着雄健的步伐，浑身是劲。它那种妄自尊大的神态，却使人哑然失笑。最妙一笔是左上方高悬的太阳，恰与狮子的圆脑袋、平行的长尾巴起到构图呼应、平衡的作用。这竟出自一名五岁孩子之手，实在令人折服！刘东展现的《上学去》是一幅优美的田园风景。阴刻法呈现剪影效果，山冈和树行全采用弯曲的断线，疏疏密密，像是树上有水，地上有水，仅仅几滴雨珠，却使整个画面笼罩在一片烟雨蒙蒙中。

《电影与儿童》一书的作者坡尔·旺德隆姆写道：“从本质上要说明的是，儿童的激情似乎是一种现代激情。”这种激情能够体现在现代儿童绘画中，真是一件了不起的事业。要想理解孩子们的绘画，应当去寻觅他们的世界。

写于 1985 年
校正于 2015 年

浸润情感的画笔

这是一本迟到的画册。她潜心画了30年的画，今天才出第一本画册，在当下实在罕见！

我无法拒绝师姐惠芬邀我为她写点什么，46年的相识，漫长的情感积聚，在我的印象里难以抹去少年惠芬的样子：齐耳的短发衬着一张白皙的鹅蛋脸，常年不变的一身浆洗得发白的布制服，这是20世纪60年代典型的革命学生服装，在全校女生中几乎起到了引导审美趋向的作用。1961年，在附中学习刚满一个学期，她在双桥农场因为淋了雨，一场突如其来的病灾降临到她头上，接着是休学和留级。然而这个顽强从不退缩的女生在返校复课之后，却奇迹般地和她画的素描《大卫》一起在全校出了名。

多年后我才了解惠芬的艺术天赋主要来自母亲。母亲毕业于淑慎学校（教会师范），受过良好的教育。至今她那充满感激的回忆，把我带入新中国成立初期保定市的一所小学校。她在母亲的图画劳作艺术体操课上当学生，她在母亲的风琴声中长大。如此抒情美妙的画面，令我感动。

另一个给她带来影响的人竟是一位日本小姑娘，她叫松井佳南子。也许最初记录生活的方式是那个自己钉的小本本，先模仿后创造，是所有后来能成为画家的人的必经之路。还有师长的点播，惠芬的恩师是牛书林老师，正是这位保定女子中学普通的美术老师发现了她的才华，鼓励她说："画得好！你一定能考上中央美术学院附中！"

今天回溯往事，前后跨度5年的附中学业所奠定的基础，决定了她日后具备的艺术理想和坚韧品质。毕业后，天津人民美术出版社老社长延安在众多的毕业生里挑选了她，她是带着似火的青春走向工作岗位的。虽然有一年的"四清"，然后是集体创作任务，但是给她带来深入农村工厂的机会。她发表了处女作《红梅赞》，国画《粮食满仓诗满怀》，就这样在全国美术展览会上问世了。

"文革"后，她再令我刮目相看的一次是在10年之后。在新华书店的儿童连环画书架上，我偶然发现了她的名字。当时贫乏的读物现状，却因有了她这一拨人充满童稚的笔触变得有了希望。

事后才知道，她于1978年进入低幼读物室，20世纪70年代末80年代初她都在这里工作，她还进过画册室、创作室，几乎出版社的所有部门她都涉猎过。离开单位时，她的出版物已达一百本、画数千幅之多。

但她并不满足于此。为了更自由地创作，实现自己的志向，早在90年代初她便放弃了"大锅饭"的勇敢之举，又令同行们一惊。那几年她和几个志同道合的画家朋友常常一起下乡采风，这便有时间切磋业务沉醉于画画当中。她曾有这样的回忆，她和丈夫王新民参加艺术沙龙聚会，畅聊到天明，再买上油条烧饼回家。这一期间她也想过考研，试过申请留学，但最终都放弃了。之后边画画边照顾年迈的母亲，2001年正式回到少年学艺的土地定居，从此开始职业画家生活。

始终以彩墨画来表达感受的惠芬，很早就开始到西方大师那儿吸收营养。因为出版需要，她有机会接触到西画色彩，她大量临摹过莫奈、毕加索、马蒂斯、康定斯基、米罗的画，那些和谐典雅有着无尽魅力的色彩明显地出现在她的画作里。因而她的画作惹得同样来自西方的人们爱不释手，变得具有经济价值，被老外收藏是显而易见了。

不久永不满足的她，又从大师的光环里走了出来。

问及为何她总画音乐题材，这个系列有多少年了？十几年，她说。“还有‘儿童系列’‘母子系列’，边画画边听音乐，那种封闭式的创作真是过瘾!”“我天天和自己的画对话，那些男人、女人、孩子、动物、鲜花、原野，虽然他们没有声音，但我能触摸到他们的心跳。”

惠芬谈起画画总有幸福感，一种无尽的享受萦绕着她，也感染着他人。难道这不就是一位艺术家一生追求的最高境界吗？

今年为准备“东方美术家作品交流展”作品，她再一次封闭自己，电话里对我说她苦恼得不行。再见面，惠芬两幅巨大尺寸的最新作品《格林·童话》No. 1、《格林·童话》No. 2 带着未干的墨香，已悬挂在北京国家博物馆大厅的墙面上了。中外艺术家、贵宾和观众流连忘返。她掩饰不住内心的喜悦，小声对我说：“我是用感情画的。”

“离开感情我画不了画。”她又添了一句。

眼前的她，一身淡色雅致颇有些讲究的服饰，妙在含蓄，十分耐看，和她的画儿一样。而身为她的师妹、也是她半生经历的见证人，我更体味出她话里的那份甘苦。

写于 2005 年 11 月 20 日北京初冬

静之可贵

一次单位书画展的机遇，让我结识了刚分配来的西北大学经济系毕业生曹振亚。第一印象，他既有北方男孩的高个儿，又有一种南方文人的书卷气。那天我们讨论展览前言，正应了引荐人同事周老先生的预见："你们二人肯定谈得来。"

深谈，方知他还有隔代的苗族血脉。父辈尝过"文革"之乱的苦，这一普通人家却崇尚"唯有读书高"的儒家传统，含辛茹苦的母亲不图别的，只企盼她唯一的儿子有远大前程。

果然不久，我发现这个小文友对中国传统文化之偏爱和惊人的谙熟。他将成语词典倒背如流，对唐诗三百首更是如数家珍，那些出自李白、杜甫、李商隐、陆游等千年不衰的佳句、绝唱，能信手拈来。

我不禁惊诧了。虽则动不动会在他谦虚地请我校对的文章里苛刻挑剔，要他控制词汇量，也常常会升起佩服，并为自己国学底子薄而惭愧。

这些年，一来一往的文字交往，伴随着他娶妻生子。绝妙的是他的美丽妻子华丽竟也是古典贤淑，并很快融进曹家的读书写字氛围，竟也成了我的忘年交。

当亲友们还在操心这位从事 14 年农业电视编导，能否圆梦于记者型主持人时，振亚在大家的不经意间，已经悄然转舵——回归少时之喜爱，用一只细细的毛笔，以井喷般的势头作画了。看到他两年间画出的百余幅画，仍是一向追求的风格样式，饱含古韵的，诗画同源的，仍是清雅、淡雅、古雅、娴雅。

时常在专业与不专业命题上强词夺理的我，不免会有一种认输之感。

每个人对于社会都是稀有珍贵的，所以人与人之间应该互补。振亚的与众不同，在于他坚持自己所爱与所长，他的痴迷与刻苦，最可贵的是他的静。静静地读书，静静地作画，没有额外嗜好，潜心膜拜前人，年复一年的挑灯夜作，他找到了自己，也成就了自己。

我衷心祝贺他！

写于 2011 年 4 月谷雨后

罗雪村的文学礼拜

2009年春天我应邀参加了一个专为文学圣地和文学家作画的展览，作者在前言里写道：

几句心里话：

我是文学圈外人，但对文学有着天然的亲近感。从小受教育，要做一个善良的人，而美的、善的文学作品能把人的心灵温润、照亮。

由心仪文学而尊敬作家而神往他们的生活旅迹，便有了这些画像和写生。

不觉年届人生秋季。翻拣旧作，看到我的这株小树上也结了几颗不大的果子。承中国现代文学馆美意，举办这个展览。在这个春天里，请朋友们品赏。

真诚感谢您来看这个不成样子的展览。

雪　村

2009年4月24日

中国现代文学馆

结识雪村是在中国美术馆二层展厅里，2007 年 9 月，我和北京的女画家们正忙着布置和香港女画家的第一次联展。有人叫我的名字，一张亲切的笑貌冲着我，他自称雪村，一个我并不感到陌生的名字。其实我只知道他是《人民日报》的编辑，我和这家大报副刊的缘分可以追溯到 20 世纪 80 年代，我荣幸地受到几代编辑的恩惠。正统的领域却有非常人文的一支队伍，雪村的做派自然不会偏离。

渐熟起来，每年总有见面叙谈的机会，不是在展览上，就是在美协的团拜会上，还有过在八宝山为逝世的文学前辈哀悼的场合里。他忙他的组稿，我忙我的写写画画。每当轮到他值班，他总会打来电话向我约稿，我妈笑称这叫“关系户”。

我先后在他编辑的《大地》上发表过《红领巾之歌》《永不停歇的罗沛霖》《蓦然回首》。一次我刚从也门参加国际艺术论坛回来，他又代国际版向我索稿，我便写下了《也门归来》。他总是鼓励我，说些赞美而谦逊的话，他的谈话和他待人一样，让你放松、舒心、温暖，感到纯洁的友情是人类多么美好的事情！

2014 年对于雪村，对于我们几个喜欢写写画画的人，是个终生难忘的年份。在这年的五月里，我们 6 位作家一起举办了一个别开生面的画展，发起人就是雪村。他真是有人缘，联络了从 20 后到 60 后的屠岸、高莽、肖复兴、秋子和我，还有颇具唱功的叶廷芳主动加盟。很快我们成为一支“快乐的小队”，不定期地聚会、画画、唱歌、朗诵、舞蹈，可谓“神仙会”了！

现在想来那是一次非凡的展览，不仅具有画和文字奇妙融合的特色，更多的意义在于这几位作家的志同道合。从文字了解一个人，从画体会一个人，雪村的作品说明写得尤其好，朴素的语言配朴素的画面，恰到好处。他这样描述自己的命名：

我爱画雪中的村庄，这或许与父亲给我起的名字有关。

父亲说，我是冬天出生，想到“雪”；抗战8年，冀中平原的献县大娘、平安嫂拿命掩护过他这个小八路……不能忘了农村。我的名字“雪村”的由来就这么简单。

他提到读林海音的《城南旧事》，在画胡同系列后感伤地写出：

京城的胡同、四合院落，像一个人，在历经了漫长年代的风霜雨雪后，它老了……我能画下的只是它的形，却留不住它的魂。

他的姥姥、父亲、母亲经历过战争和苦难，大起大落。他画笔下的家人带着浓浓的眷恋。我喜欢这样几段文字：

我的姥姥既贫穷过，也富贵过。无论处于何种境地，她都能承受与忍耐。这也是许多中国妇女的一种品性吧。

父亲非名人，亦非官人，但他是中国一段历史的亲历者，其经历仍然有认识时代和人世的意义。出于一个儿子的责任，我记录下父亲的每一个故事、每一个细节，甚至他的声音和叹息。

知道时日无多的妈妈坐在窗前，她望着屋外一树生机盎然的梧桐叶，轻声哼唱起：“桂花飘摇在这小小的院里，苦的心肠，死的灵魂，也有沉醉意……”听着凄美、伤感。妈妈说这首歌叫《秋辞》，当年是很流行的歌曲，她小时候就会唱；记得爸爸说战争年代在山里时，北平来的学生也教他唱过《秋辞》。

他和妻子王琪有过一次永生难忘的艺术之旅——乘坐“朱可夫”号游轮，从莫斯科河出发，沿着伏尔加河一直游走到顿河拉吉舍夫和车尔尼雪夫斯基的家乡萨拉托夫。他画了很多俄罗斯风情画，雅罗斯拉夫尔修道院、托尔斯泰墓地、《白夜》、冬妮娅的旅馆、俄国小伙季马……

今天重拾自己在雪村个展开幕式上的即兴发言：

雪村当编辑之余爱好画画，这画很特殊，文学前辈们在他的笔下，渐渐老去故去，他的笔留下了他们的音容笑貌，留下了他们的故居。多年来，他是在谦和勤奋中默默耕耘着，日积月累，积少成多，成就了今天如此规模，也让我们大家看到了其价值，为中国文学界留下了一笔珍贵的视觉财富。

这些感触都在他画的《巴金故居》、《牛汉书房》（钢笔速写）、《赵树理故居》（铅笔速写）、《陈忠实肖像》（毛笔速写）、《杨宪益肖像》（毛笔速写）等作品中一一作了印证。

就在那天我还向观众们提到一件趣事，说自己曾有幸和雪村在《人民日报》笔会间隙一起为一位与会学者画过像。当时以为这是唯一的共同作画机会，几年后就证明我悲观了，我们的合作完全能够源远流长！

2015 年 5 月 25 日，南京灯下

看电影去吧！

一个曾在七八岁为《白毛女》哭成泪人儿的小女孩，想在半个世纪之后谈电影感言。那些看过的数以百计（不敢说也许有千部），从儿童专场电影院里到露天银幕上的影片，那些单位发票的、朋友赠票的、自己买票的，曾经忍着被蚊虫叮、蒸笼般的热，夏日嘬着冰棒进场，冬天踏着厚厚积雪去看的影片，那些从5分1角，到1元5元，直至百元一张票的影片，都争先恐后地排着队等我来点名。我的眼前出现了炮火连天的血腥、和平年代的欢乐以及那么魂牵梦绕的爱情画面，你们索去了我多少眼泪，我又享受了多少你们给予的视觉快感啊！我在看电影中成长，在角色身上醒悟人生的意义。常常带着几许惆怅走进影院，出来便浑身是力量！

写于2005年12月16日北京，刮风天

我在《童心回放》里做嘉宾

当我涂脂抹粉地走上舞台那一瞬间，聚光灯闪烁一片。我忽然想到自己像是一个被人推到前台的蹩脚演员，此刻已没退路，只有硬着头皮豁出去了。主持人张泽群用他熟练的笑容迎着我，这是他的专业，每场都一样。而我只是一个靠笔端表达的人，说话不伶俐，甚至是被亲友认为有“吃字”和“声弱”的缺陷。

今天我的访谈主题早已在月前与主办方共同拟好，由一个叫傅玲的女孩传达的，是一个很好很亲切的题目——电影：生活中的良师益友。

第一部分　电影影响审美情趣的嬗变

主持人：你今天穿得真漂亮啊，能说说你的服饰打扮受到电影哪些影响吗？

赵　蘅：大家好！喜欢看电影的朋友们晚上好！我今天特意挑选了一条蔚蓝色的长裙，我喜欢蓝色，它像蓝天一样纯洁自由，和它搭配，色彩容易协调，比如红色、橘色，你可以当作太阳。

今天我给大家带来一幅油画，画的是秋天一场风后，一只只滚圆的苹果落在叶丛上的情景。苹果红红的，叶子黄黄的，这两种颜色在我们美术专业上称作是暖色。而我又添了一只绿色的苹果，红绿互补让画面不单调更精神了。

退休那天的欢送会上，我曾得到了部主任六条总结性的表扬，其中有一条就是：会穿衣服，色彩搭配协调。实际上，从童年时代开始，我会被电影中女孩子的衣着打扮所吸引，电影不但影响我的穿着打扮，而且还激发了我对美好事物的热爱。

小的时候，中国流行看苏联电影，比如《幸福生活》《金星英雄》，功勋演员的大照片挂在各个电影院里。我看过苏联电影《一年级小学生玛露霞》，玛露霞的小辫子上系着蝴蝶结，穿的校服是那种褐色的叫“布拉吉”的连衣裙，外面套上白色花边带褶的背带围裙。11 岁随父母到东德，电影里的形象变成了现实。我终于有了一条那样白色带褶皱边的背带围裙，几次做梦自己穿上它回到祖国。我还模仿玛露霞那样系蝴蝶结，蝴蝶结是缎子的，颜色和衣服的颜色要搭配，晚上睡觉时和红领巾一起压在枕头下，第二天用时平平整整。在莱比锡上的红军小学和玛露霞的学校也一模一样，一年级班主任的名字很长，总会联想到电影《乡村女教师》里那位可爱可敬的瓦尔瓦拉·瓦西里耶夫娜。也和电影里描写的一样，老师提问时学生先把右手放在课桌上，起身回答时要把桌盖掀开再站起来。后来我上的中央美术学院附中也是这样的桌椅，2000 年中央美院附中搬迁时淘汰旧教具，我还“抢救”回来一张课桌呢。如今这些都成为我珍贵的收藏和美好的回忆。

在莱比锡苏联红军“军人俱乐部”里我看到了中国戏曲电影《天仙配》，从此知道了七仙女的扮演者严凤英。那时，电影《梅兰芳的舞台艺术》已拍完，梅兰芳赴东德的演出，外国观众都要身着华丽考究的晚礼服，像参加节日的盛典。在我幼小的心灵里，这是一份自豪！赵青演的《宝莲灯》我也是在国外看的，“七仙女”“三圣母”让我很小就了解了中国古代女子的装束是怎样的，学画后，画的最多的是头别簪花、身穿和尚领袄和长裙的美女。所以当“文革”中听说严凤英被迫害而死，非常震惊，因为我几乎是把这位著名黄梅戏艺术家当作七仙女的化身了。

1957 年我们一家从国外回来，当时中苏合拍电影《风从东方来》，记得是马精武老师扮演红军战士。纪录片《从伏尔加到长江》在南京拍摄时，还到我们四女中挑选小演员，我带同学们来家里，拿出自己带回国的漂亮衣裙让大家挑。可是在那个时代我开始被人说三道四，同学中有人议论我打扮像资产阶级小姐，迫于舆论，我不愿再穿母亲设计的服装，审美发生很大变化。我考上中央美术学院附中以后，裙子不穿了，辫子也剪了，模仿陕北妮子打扮。毕业照上的我，穿着一件打了补丁的布褂，而同样是中学毕业，母亲 20 世纪 30 年代的毕业照上却是旗袍与鲜花。

“文革”中，受了“不爱红装爱武装”的影响，我又没有军人家庭背景，就买来廉价绿布做了一件军装赝品，还穿上它去照相馆拍照。

看了电影《红色娘子军》之后，我迷上了琼花的制服，那时在东北干校，劳动间歇，我把晒白褪色的衣服重新翻做，再对着电影剧照，在肩头一边打上一块补丁。我是穿了带补丁的衣服做新娘的。

这些往事想起来其实很悲哀，一个民族的审美蜕变在我的身上反映得很典型。现在风气又变回来，我又转回小时候正常健康的审美取向。由于教育的断代，中国的审美普及任重而道远。

第二部分　电影是文学经典的启蒙

主持人：请举例谈谈电影和名著的关系。

赵　蘅：虽然父母是文学名著的翻译者，我对下述两部书名的熟悉，就像习惯家里的东西一样，我们姐弟一起是在两部名著的相伴中长大的。早听说《红与黑》拍成了电影，后来到了德国才看到。

我是在莱比锡苏军俱乐部看的电影《红与黑》，由法国著名影星芳芳主演。虽然不太懂其中的深刻含义，但主人公于连具有叛逆精神的短暂人生悲剧却永远留在心底。假如于连当天晚上不溜进德瑞拉夫人的房间，假如于连接受赦免而不去选择上断头台，就会有不同的结局。这部电影算是我第一次接触命运主题的启蒙。

《呼啸山庄》我是先看小说的，那时才 14 岁，15 岁时下乡劳动，竟然能给女生们大段地讲书里的情节。直到改革开放后，才看到其电影版本。母亲看过 20 世纪 30 年代原版电影《魂归离恨天》，是黑白片，由美国演员劳伦斯·奥利佛和梅尔·奥勃朗主演。

1996 年访问英国，我特意去参观勃朗特家族的故居，感受了艾米莉作品里描写的神秘而荒漠的氛围。

第三部分　电影帮助建立高尚的品格

主持人：电影不但能让孩子们走进文学名著，有时还能帮助他们建立一种品格。

赵　蘅：太是这样了！八岁时看的第一部电影是《白毛女》，当杨白劳在地主黄世仁家被迫按下手印卖掉亲生女儿喜儿，杨白劳在喜儿熟睡后喝了盐卤死在雪地上，第二天一早喜儿哭着扑倒在爹爹身上时，坐在电影院里年幼的我哭成了泪人儿。在那一刻，同情心与正义感已在我的心灵深处萌发。

从此电影像磁石一样吸引着我，尤其喜欢看反抗压迫争取自由的二战影片。

比如电影《丹娘》，就是苏联女英雄卓娅，她参加游击队不久，一次到敌人营地纵火时不幸被捕，德国鬼子押着光着脚的她在雪地上走，拿锯子刺她的背，用火柴烧她的下巴。她口渴，强迫她喝煤油。她才18岁，那样英勇不屈，在绞架上她最后高喊着："永别了，同志们！奋斗吧，不要怕。斯大林和我们在一起，斯大林一定到来！"1953年我的母校校长丁井文先生曾到莫斯科见过卓娅和舒拉的母亲。

还有意大利电影《罗马，不设防的城市》，苏联电影《这里的黎明静悄悄》，英国电影《女英列传》，女主人公英国女谍报员是那么美，她买过巴黎时装，有人爱她，但她为了反法西斯正义事业，放弃一切。敌人用不许睡觉的方式连番审讯她，她脱形了，两眼乌青。但她也绝不屈服，这些都给我留下极为深刻的记忆。

因为有"二战"情结，尤其自己又出生在1945年抗战胜利年，这是一个光荣的年份，到今天一听到这些电影的歌曲，像苏联的《神圣的战争》，我还会热血沸腾。

电影让我从小崇尚牺牲精神，为理想，为正义，为他人。中国电影有《赵一曼》《中华儿女》等。爱尔兰女作家伏尼契的小说《牛虻》在中国印了一百多万册。后来苏联改编成同名电影。曾陪母亲拜访过翻译家李俍民先生，他在我保存的1978年的版本上题词。

青年时代的我非常崇拜《牛虻》的主人公亚瑟，他是烧炭党人，后来是"青年意大利"成员。他们的口号是"始终不渝"，胸前别一枝柏树叶。影片贯穿一句："不论我活着，或是我死掉，我都是一只快乐的飞虻!”我认为那是一种痛苦的精神享受!从看电影获益的还有爱情——亚瑟和琼玛的爱情,《保尔·柯察金》中保尔和丽达的爱情,那种革命理想加爱情,那种“生命诚可贵,爱情价更高;若为自由故,两者皆可抛。”的境界,甚至是方式,曾使年轻的同样沉浸在热恋中的我几乎到了模仿的地步。

电影还教我确立遵守诺言,言行一致,以及顽强不怕困难的品质。

至今我还保持一个习惯,疲倦时用冷水拍拍头,使自己清醒。这是向苏联电影里的英雄人物学的。上初中时我偏科,学数学吃力,数学题半天做不出来。同桌女生要给我看答案,我执拗地不肯看。做累了,就用冷水淋头。当然有时并不管用,照样成绩不好,但老师、同学都说我精神可嘉。

至今仍很崇尚人与人之间的忠诚,对爱情的忠诚。现在回想 11 岁时看《天仙配》,最受感动的应该是七仙女和董永的忠贞爱情,这个启蒙教育非同小可,这也是我自己一直追求和向往的。而现在许多人做不到了,自由并不是要葬送忠诚,不能不说这也是一种悲哀。

主持人:今天和赵蘅老师聊儿时看电影的故事,我最大的感受就是,电影已经和她的生活融为一体,成了她最青睐也最可依赖的朋友。电影能够给一个孩子的童年涂抹上绚丽的色彩,电影能够使一个孩子对文学名著产生感性认知,电影能够左右一个孩子的喜怒哀乐并陪伴她的成长。电影给了她一个做人的理想,那就是善良和坚强。时隔数十年之后,我们请赵蘅老师和电视机前的观众朋友们一同来欣赏严凤英主演的《天仙配》,希望我们也能像儿时的赵蘅老师一样感悟到美,感受到那份自豪。

一个人去看萧红

长假没几个好天儿，2 号那天出了点太阳，第二天又被大雾淹没了。

何不一个人去看场电影呢？

我喜欢萧红。要是有人问我中国作家里最喜欢、对你最有影响的是哪一位，我会首推萧红。我手里一直保存着 1984 年人民文学出版社和香港三联书店合编的中国现代作家选集，编者王述的《萧红》。封面是红黄相间女作家的肖像特写，纸张大不如现在的高级讲究，由胡风代序，却是口述，由梅志整理，想必那时的胡风已病入膏肓了。选入本书的共有 16 篇，有小说也有散文，少则数百字，如《永久的憧憬和追求》，是美国友人斯诺约写的；长的如《小城三月》，有 23 页。散文多是选自代表作《商业街》。《生死场》《胡兰河传》均未收入。这是我接触萧红的唯一途径。那年我读《小城三月》竟入迷了，为那个痴情内向的翠姨的悲剧唏嘘不已。

三天前经过熟人的报摊，在众多大美人封面中我一眼发现了一本黑白版画肖像的杂志《萧红：一个漂泊的灵魂》，三联周刊本年 40

期，不带犹豫地付了10元买下。卷首是主笔贾冬婷写的，也是封面的题目，第二篇出自我认识但见面甚少的小友李菁。对于萧红生平，我应该算比较熟悉，但本刊细致深入的探访还是让我感到有一种扑面而来的新鲜感。童年的惶恐和少许的温暖，这个就读于哈尔滨东省特区区立第一女子中学的小女生，向往自由以致逃婚出走，身怀六甲中邂逅萧军，一起跋涉见到鲁迅，在命运抉择中挣扎。我才恍然许鞍华导演的影片为什么会用“黄金时代”这个名字，原来是女主人公自己的文字，一封写给萧军的信里她写道：

窗上洒满着白月的当儿，我愿意关了灯，坐下来沉默一些时候，就在这沉默中，忽然像有警钟似的来到我的心上：这不就是我的黄金时代吗？此刻。

每个人都会遇到命运选择的事，在那个大动荡的时代，走，还是留下，去西北还是南下，凡是对民族有忧患意识的人，都会在心中掂量。手头有点家产的，反感暴力革命对之半信半疑的会考虑离开或犹豫不定；那些无家无业，赤手空拳的赤贫者，对新中国当然没有二心。宪益舅舅是典型的富家子弟，钱财从手指尖流失，不会皱半点眉头，然而他的选择代表了许多爱国知识分子，他们那一代喜欢说一句话：“天快亮了！”

所以当民国教育部长杭立武将赴台飞机票摆在桌上时，舅舅会说：“我没有准备离开，也许我会待一段时间，看一看共产党来了以后情况会怎样。”

机票是第二天的，这位连舅舅也承认是个好人的官员甚至还说：“你可以乘我的飞机，把乃迭和孩子们都带上，但行李不要太多。”

应该算仁至义尽了。

舅舅的“看一看”显然是托词，他留意已决，不会动摇。

萧红在命运关头也面临过两次去留的抉择。第一次她在临汾民族大学毕业后不愿和萧军一起留下，萧军执意要留下打游击，而她说：“这不是我们的岗位。”第二次是丁玲他们都去了延安，她不去，她说：“我只想安静的写作，对政治我是不了解的。”虽然她当时并不明白这意味着什么。起码有一点，她是懂得自己属于什么样的人，据她的丈夫端木说，萧红把创作当作宗教。

我不如萧红。在我年少时，我只懂得服从，党和国家的利益高于一切，可谓一颗红心两种准备，这两种准备都不属于我自己。所以我晚熟得厉害，老大不小了，还很幼稚写些蓝天白云小鸟歌唱红领巾飘扬。

1940 年萧红和端木到了香港，这样的选择似乎与当时投身如火如荼抗战的潮流相悖。是好运还是厄运？看她后来孤独凄凉的景象是很惨的，可是跋涉 8 年有 100 万字问世，最后又写出了著名的《呼兰河传》以及《马伯乐》，她又是值得的！而她的那些朋友，一个个在影片中登场以各自的角度叙述萧红，她称为“萧军党”的作家们，虽然活得比她长久得多，却难逃后来命运的磨难。我数了数，多达 9 位均在 50 年代初和“文革”中受到迫害，包括牢狱之灾，对我有过知遇之恩的骆宾基是其中一位。近日我和他的女儿张小新议论萧红，她说：“赵蘅姐，萧红最后的时刻，真的只有我爸在场。”我问她：“你爸写的《萧红小传》还能买到吗?”她说买不到了。我又问家里还有吧？她说也没了，1946 年出版的，在“文革”中也早被抄掉了。

萧红才气逼人、文字刚烈，“这是用钢戟向晴空一挥似的笔触，发着颤响，飘着光带，在女性作家里面不能不说是创见了”[①]。追求自由思想、精神独立的她，却在感情生活里常常不能自拔，更不如她的文字那样爽快。这也许是大多数女性的通病。不由得联想到罗丹的情人珂罗岱尔，那么有才，雕塑不比她的老师差。可惜她太在乎她在男人心中的位置，她的在乎葬送了自己后半生。曾看过一张她在精神病院拍的相片，衰老不堪，没有半点昔日为艺术癫狂的活力了！

我几乎谙熟《黄金时代》里所有的镜头，从汤唯平静地自述萧红的生辰殁期，到双辫的萧红随萧军跋涉，回眸的一瞬。足足三个小时，中华民族犹如风雨飘摇中的一艘大船，一批有志的文学青年们在苦苦挣扎、摸索、奋斗。萧红像是一只孤雁，在天空中横冲直撞，遍体鳞伤也不动摇初衷。

一句回应祖父的话“‘长大’是‘长大’了，而没有‘好’”[②]，在春天的花朵、冬天的白雪里回荡。

一天胡风夫人梅志来访，鲁迅夫人许广平正在看《生死场》，她合上书感叹道：“谁都写过贫穷和饥饿，唯有萧红写得惊心动魄。”

正是这个旷世奇才的女人挺着快足月的大肚子瘫在码头上，看着满天星斗，耳边是隆隆的炮火声……

“我不能选择怎么生怎么死，但我能选择怎么爱怎么活，这就是我的黄金时代。”

稀稀落落20来个观众，让豪华的立体影院显得空荡。90后的女孩坐在身旁不停地抽擤鼻子，是为本片所动容，还是伤风了，不得而知。

---

① 摘自中国现代作家选集《萧红》胡风代序中引用他本人为《生死场》写的读后记。

② 摘自萧红散文《永久的憧憬和追求》。

观影归来收到微信信息："世界上最远的距离，不是生与死的距离，而是我在北京路口牵着你的手，却看不见你的脸。"

这样的天气，这样的心境，同是女性，同是以写作和艺术为生命的人，一个人去看萧红，我的文学前辈，我热爱的女作家，我看不见她，又清晰地看见了她。

2014 年 10 月重度雾霾中，定稿时开晴了

当一回“李春天”的粉丝吧

谁能想象，口口声声说有多忙碌的自己，其实这些年忙中偷闲看了不少国产电视剧。我曾几次想把它们的剧名一一记下来，因为日后往往会将其中的大部分忘得一干二净。

然而《李春天的春天》却不会。

《李春天的春天》改编自庄羽的《此去经年》，导演余淳。这个炎热多雨的七月，从南到北，每到晚上7点40分，我、我的母亲、我的姐姐和姐夫，都在痴迷这部剧。

昨晚还没等到大结局，楼上的一个师兄打来电话说他想哭，心里难过，为李春天难过。我何尝不是心口正堵得慌，眼泪一个劲儿地往外涌呢。都是六十开外的过来人，不知动了哪根神经，会如此投入？

你瞧，两个原本很谈得来，在一起特放松、特默契的剩男剩女，完全可以顺理成章地步入婚姻殿堂的，可不知为什么总是鬼使神差似的，一到火候就被无情地浇灭。不管是春天的父亲发生车祸打断了男方表白也好，还是秘书小庄处于保护自己准新娘的自身利益偷偷将春天的来信投进回收站也罢，这验证了俗话“好事多磨”，致使这对男女总是失之交臂，差点酿成终生憾事。

该剧故事发生的背景安排在当下经济大潮活跃的氛围中，一家时尚杂志，一家房地产开发公司。落入俗套的不打不相识的遭遇，作为两家知名的企业领军人物，主编春天结识了老板梁冰。完全没有一见钟情，像许多影视剧那样。一个是 39 岁大龄剩女，生活阅历极为单纯甚至傻里傻气；一个是四十开外结过婚、离过婚的男人，妻子的相好恰是他的副手，奸夫淫妇卷走了他全部心血，也毁了他的家庭。这些经历都与春天相去甚远。

剐蹭事件让这两个完全不搭杠的男女走到了一起，口若悬河的高富帅梁冰成了杂志社的常客。后来发生了许多事，春天这边的纠结是嫁人不能再拖了，梁冰这边是发疯般、赌注般地不断炒作，致使自己陷入董事会的严重质疑中。然而只有他自己清楚为什么要这么做，因为暗查结果显示对手恰是早年那个情敌，他所有的仇恨火焰在置对方于死地中才得以发泄。直到有一天，他的前妻从东京回来了，带着他们的孩子，也带着濒临死亡的绝症。她来找他请求饶恕，更是要将孩子托付给前夫。

冲突远不止此。这个表面嘻嘻哈哈、内心伤痕累累的男人，原来还背负着上一代的十字架。他的母亲和他曾经有过被父亲抛弃的遭遇，他恨他爸，发誓绝不相认。

一桩桩龌龊又沉重之事，都摆到了心如少女的春天的面前。饰演春天的宋丹丹有一段极长的精彩台词，在梁冰显赫豪华敞亮的公司大厅里，她语重心长地规劝，掏心掏肺，连她自己都不明白如此用心是否出于爱情？

正是李春天点燃的火柴照亮了梁冰内心阴暗如寒冰的角落，结果理智战胜了冲动，宽容战胜了复仇！

故事到这里有点意思了，这里不必苛求剧中有多少牵强和造作，大腕宋丹丹怎样都难以摆脱雷同的演技，虽然我一直喜欢她。一向好把演戏当成真事儿的我及家人、同学，还是被剧情深深地感动了。

这场有情人终成眷属的戏发生在北京国贸天阶，凡到过那里的都能想象那里有多拥挤嘈杂。失落的李春天漫无目的地在广场上走啊走啊，挤在人堆里，和所有的即将步入中年的普通女人没什么两样。此时的梁冰可不一样，他心急如焚，春天就是他一生要找的女人，他错过了太多的机会，这次不敢再有什么闪失将她失去！

导演调动了在青春时代就合作过的两位中年演员的浑身解数，也调动了我们这些观众的激情。瞧，他们隔着人群，隔着街道，隔着影影绰绰的灯影，他们彼此看到了，找到了对方！我的嗓子眼儿发烫，心儿怦怦跳，就像是我自己千里迢迢去寻找爱人最终见到了似的。

这真是万里寻觅，此人正在“灯火阑珊处”。

主题歌再次响起，好听极了的旋律，动人心扉的歌词：

“只是因为在人群中多看了你一眼/再也没能忘掉你容颜/梦想着偶然能有一天再相见/从此我开始孤单地思恋/想你时你在天边/想你时你在眼前/想你时你在脑海/想你时你在心田/宁愿相信我们前世有约/今生的爱情故事不会再改变/宁愿用这一生等你发现/我一直在你身边/从未走远”

2014 年 12 月 6 日，在国家大剧院合唱团成立 5 周年之际，我和弟弟、弟妹坐在纪念音乐会的观众席里，指挥李心草指挥了这首《传奇》，让我再次热泪盈眶。

这些年我们到底看了多少部国产电视剧，有谁说得清？我妈妈的生活助理陈小妹像个活字典，比我们家人还能如数家珍似的了解国产电视剧的荧幕内外。

女人嫁人要找对的人，有的人一次便成功，有的人一辈子都浑浑噩噩。即使明白了，也晚了。

《李春天的春天》至少给我们留下一点念想。

2013年初稿，2015年3月3日完稿
室外春风吹拂，下午“两会”即将在北京召开

芝麻采访记

——动画笔记之一

说起“芝麻”，再普通不过。我爱吃芝麻做的南糖、芝麻馅的汤圆和淋上芝麻油的凉拌菜。

可真正认识芝麻，还是随单位《芝麻》摄制组到驻马店采访之后。

驻马店位于河南省的南部，靠近信阳市和南湾水库。它原来是个县，近几年才建成地区规模。宽宽的街道，几栋新盖的办公楼、有了邮电局和电影院。来来往往更多的是自行车，香油和大西瓜比比皆是。

抵达那日天阴下雨，当地人说雨下了九天了。本片的顾问之一老何同志赶到车站接我们，他五十开外，中等个儿，阔脸盘，肤色黝黑，一双眯缝的眼睛含着微笑。当招呼完我们一行钻进北京吉普后，他却蹬上自行车走了。

我终于见到了真正的芝麻，是在地区农科所的试验田里，生平第一回。才了解老何是该所的副所长，1954 年农学院毕业分配到这里，一直在研究芝麻，迄今近 30 年了。他领着我们去看他的成果，还亲自推开一扇沉甸甸的大铁门，眼前是一大片茂密挺拔的葱绿，一下子把我镇住了！

真是名不虚传！这芝麻的茎又直又长，茎秆由下至上长着许多节和对生的叶片，长圆形的果实团抱在这些节上。淡玫瑰紫色和乳白色的花星星点点含苞待放着，花苞修长下延，很像垂挂的盏盏铃铛，波浪状的边缘敞开，又犹如一只只小喇叭。

我忽然觉得自己像是走进了西双版纳的热带雨林。

老何说，“芝麻最高的可达两米多”。我惊讶地吐了吐舌头，因为我印象中美国女排球队员海曼身高一米九已经是很高的了，没想到芝麻比海曼还高。要是我钻进这样的芝麻地里，准会连脑袋都埋掉了。谈到根，老何说，主根可长到三尺多长，数不清的像头发丝细的侧根环抱着它，起着支撑全株的作用。当然，听这话时我还没有见到真的芝麻根呢。

我和同来的实习生李萍采集了两株花开得最好的芝麻带回招待所，可惜让自行车一路颠簸都颠蔫了。老何说别担心，便用纸绳将茎稍稍掘了一下，让叶片依着墙铺开，再在盆里放满沙子，灌上水，两小时后，奇迹出现了，茎秆真的又挺起来了，叶片也舒展开，这真是妙手回春，可把我们乐坏了。

我们还找来大大小小的瓶子，再将一株株芝麻全都插进瓶口。这下子我们的房间立马变成一间芝麻温室。到晚上，点亮台灯，在淡绿色的窗帘衬映下，芝麻花如同精雕细刻的玉石，长长的对生叶比翡翠还美，我笑自己这么快就对芝麻产生了感情。

按照计划，第二天我们又到郊外的地里采集样品。这大片的芝麻地虽然也属于农科院管理，可在这里，我见到的却是高矮不均的芝麻苗。小的刚露出地面，大的刚刚定苗开花。我有点纳闷，本片编导告诉我，为让我能看到各个生长阶段的芝麻，做事周到的老何特别叮嘱，要带我到这些栽植于不同生长期的芝麻的苗圃里转转。

踏进黏湿湿的土里，寻觅从小到大的芝麻苗，哎呀，我的眼睛都看花了，也不知选哪棵。最后还是编导帮我选了一批比较典型的苗捧回旅馆。

好了，实物有了，该开始作写生记录了。我心里明白，现在看到的一切，不久都将要以活动的形象被描绘在动画片上，最后科学的，生动的，展现在银幕上。今天的一点马虎，都会给以后的绘制带来差错。因而，我总是要求自己和李萍用心去观察，尽可能细点，再细点。

从这天起，我俩天天面对不同形态的芝麻，不停地画写生，用铅笔画白描勾勒植株，用水粉记录色调。边画边捉摸芝麻的特征和生长规律，遇到不懂的问题随时去请教老何。几乎每天我都有新的发现，比如芝麻叶，开头我粗粗一看，归纳出“塔形”的特征。后来一问老何，不对啊，应该是由下至上，先是最小的四片真叶，自长出对生叶后叶子变成大圆形，并且带有齿缺，有点像枫叶。五六节后开始出现花苞，这时的叶又变瘦长，再往上逐渐变小，酷似柳叶。还比如花蕊，我们数了好几朵摘下来的花，怎么是五个蕊，可是老何偏说是六个，那个蕊在哪儿呢？我简直莫名其妙。经过观察，后来才恍然，原来每当花从植株脱离时，只带走了五个雄蕊，留下一个雌蕊在原地孕育果实。

至于蒴果更能说明细致观察有多么重要。蒴果就是结芝麻籽的子房，当我知道它是长在对生叶之间时，就以为蒴果也是一对。后来听老何说什么八棱果，我没弄懂这“棱”和“蒴”的概念，就把结几个果当成几棱果了。几天后，我仔细扒着芝麻研究时，才弄明白，“棱”指果上突起的楞部分，一个棱里有两排籽，由假室来分开。有几个突起就叫几棱果，有四棱、六棱、八棱，以六棱为最佳。“蒴”指对生叶上长的果，经过多年培育有长两个的，有长三个的，甚至长有四五个的。长三个的样子也不相同，中间大点，侧面对你时，两边小点的蒴果就是正面冲着你。因为每一对生节都有这三个蒴果，就形成了下个节四个，上个节就变成四个了。

几天来我们解剖了好多蒴果，白白的未成熟的芝麻籽整整齐齐排列着，每排大约十五六粒，一个四棱果就有 120 多粒了。一株芝麻重 20～50 克，20 克可榨油 9 克，真是一粒入土，万粒归仓啊！

经过素材的考察，我对李萍说：“从今再怎样，我也认得芝麻了。”真的，在这些日子里，我们见的是芝麻，说的是芝麻，画的是芝麻，想的也是芝麻。一次，当听到广播里播放的一首春天颂歌，里边点到芝麻时，我们俩不由得相视而笑了。

下一步该动手画设计稿了。这时省农科院经济作物所所长，本片另一位顾问老柳同志已经从郑州赶来，他是专为参加研究动画的，他和老何一样都曾为芝麻著书立说，把一生献给了小小的芝麻。

我废弃了下来前在厂里画的设计初稿，因为那是闭门造车的产物，完全不对。现在我在占有大量的实物和素材基础上才有资格开始工作。我用去大半天时间一口气画出了 6 组动画设计图及表现方案，我对剧本的理解再也不是凭空想象了。

但是我没想到，当我郑重地将设计稿提交给两位顾问时，他们的意见还挺多的。

本以为我的设计稿会顺利通过审批，不料两位芝麻专家对每个镜头都指出了问题。老何眼光非常敏锐，他对每一张图每一个字都不轻易通过。像前茬用哪种豆类植物的表示，土壤消耗水分，叶面的蒸腾情况，以及输进蒴果内的养分走向等，我确实都没考虑周到，表面完整的设计稿有不少漏洞。

驻马店一带的雨天升级为连降暴雨。天地茫茫，一天我们难得在工作间隙去看场电影，电影院里水深没到小腿。摄制组已无法外出拍摄了，我倒可以边继续深入研究芝麻生长的规律，边修改设计稿。老何希望我笔下的芝麻不是呆板和机械的，我的设计稿上应该尽可能接近未来的银幕效果，不论色调，还是形象构图。关于“芝麻开花节节高”这组，我终于想出了方案——不妨采用运动镜头的效果，让机器和画面形成平行移动状态，机器缓缓前移，画面不停地替换明片，做出芝麻节节高的连续动作。

两天后，针对设计第二稿我们又展开了讨论。当然这回设计稿也有少许漏洞，如种子入地这组，种子埋在土里的样子我没见过，又画错了，经老何亲自动手画图讲解，才纠正过来了。

最后，老何和老柳对设计稿表示满意，并郑重地在封面上签上了姓名，这是对我的信任，我感到自己一周来的劳动总算有了成效，心里很是欣慰。

从阅读剧本到实地考察，从收集素材到请教顾问，直至构思成设计草图；再经过反复修改，最后确定方案，顾问签字通过。和参加其他影片一样，我在《芝麻》这部影片的采访中也经历了这样的过程，这是一个动画设计的过程，也是我们应该遵循的规律。

临别时，我为老何画了张小像。他冒雨救助被水淹的本所职工，为大伙上街寻找蜡烛，熬了整整一个通宵。他眼窝塌陷，仍然露着微笑说：“不困，不困!”我用画笔再现了他的这一神态，以表现自己对他的敬意。也请老何放心，我将以最好、最准确的银幕形象表现他一生热爱的芝麻！

以上文字内容写于30年前。这次校对时，忽然想起在驻马店吃饭的情景。

20世纪80年代，国内请吃风已见端倪。每天早中晚摄制组吃饭都有当地干部陪吃，几大冷盘、几大热菜是必须的，罐头酒水是必须的，所有的菜肴全用芝麻磨成的香油做成，敬酒劝酒没完没了，让你苦不堪言。

谁都清楚驻马店很穷，老百姓很苦。

只有一个人从来不在席上露面，这就是老何！

此刻我真想问候一下老何，这些年你还好吗？

写于1982年4月

修改于2013年2月19日

我看《老农民》哭得稀里哗啦

好久没有像这样哭得稀里哗啦了，好痛快啊！

我歪在枕头上哭，全然不知此刻已是2014年，我们国民的生活早已有了巨变。

四周静悄悄，原本想补个午觉缓一缓多日熬夜带来的疲惫。可我还是忍不住打开了床前的电视，屏幕上正重播着电视剧《老农民》，没错，是这个钟点。

以牛大胆为代表的一帮农民兄弟姐妹后来的命运咋样了，我实在惦记！

说来别笑话，这部才搬上荧屏的国产电视剧，我并没看全，发现时已演过大半，却被深深吸引。我是个地道的城市女人，剧情把我一下子带回20世纪一段不算短的艰辛的乡村生活。远不止此，我还想起自己所认识的农民朋友，更多的体验来自书本、报刊及影视作品。

我哭，是为中国亿万农民兄弟姐妹曾经的痛苦而悲悯！

我的家庭对农村的记忆从母亲的天津老家开始。她的回忆让我了解了旧社会的富人买个丫头、买个妾不算什么。母亲参加“四清”

工作那会儿住在江宁县一户姓吴的贫农家里，房东吴淑琴是个妇女主任。那时农村日子艰苦，她省着也要让我妈吃上鸡蛋。母亲回城了，她还来看望，有时候是她丈夫，有时是她的儿子吴尔林。有一次我正在娘家坐月子，他们三更半夜敲门，说是刚到南京，还挑来农家土产。每到这时，母亲都会客气地说："下碗面吃吧？"如今吴大妈去世了，和我小弟赵苏同年同月出生的吴尔林后来考上江宁唯一的动力学校，如今也人到中年，逢年过节还会来拜年。至今我妈还记得她家仨闺女分别叫腊月、玲云和小毛。

我父亲参加过新中国成立初的土改运动，我见过一张一向爱穿洋装的他，却身着臃肿棉制服访贫问苦的照片。多年后他去高淳看望插队的儿子，两人坐在木船上，头戴草帽，活像老农民。弟弟那年16岁，在高淳度过了本该读高中的时光，他的初恋也留在那里。

对于我自己，顶小的时候看过一部土改纪录片，最受刺激的是一个农妇身披棉絮如鱼鳞般的衣裳斗地主的镜头。

我的母校中央美院附中有下乡体验生活的传统，1960年入校后的第一次教学活动便是全体师生去北京郊区顺义区牛栏山公社龙王头村。我们小班被分配在第四小队，与村民同吃同劳动。在那里我认识了四小队队长的闺女梁淑香，小名湘头。她小我四岁，我们以姐妹相称，至今保持友情，算起来长达55年。我们班农民子弟多，他们省吃俭用，宁可饿肚子也要攒下干粮留给家人。我和同学们还保存着不少我们和村民的合影，身后是泥墙，穿得几乎一样的破旧，却是那个年代最时髦的象征。因为"越穷越光荣"，所谓"穷则思变"，其实是瞎掰！起码在农村这个阵地，政策的弊端和观念的缺陷撼动不得，既不能"思"，也不能"变"。

但是人总要吃饭啊，人是铁饭是钢，人不吃饭是要饿死的啊！即使“文革”十年，我们也是靠农民养活的啊，不管吃不吃得饱，反正还是有东西吃，不然怎么有劲七斗八斗打派仗呢。

不由得想起20年前还没红得发紫的陈宝国，曾在长篇电视剧《来来往往》中饰演查老大。因太饿了，他偷偷地画粮票和副食票证，结果遭到批斗。

查老大在城镇犯事，同时期的农村又是怎样的景象？

电视剧《老农民》给我们作了最真实的回答。本剧由张新建导演、高满堂根据自己的同名原著编剧，他曾编剧《闯关东》《钢铁年代》《北风那个吹》和《雪花那个飘》，我都看过并被感动。

《老农民》讲述发生在山东黄河边的麦香村的故事，从20世纪40年代末到“文革”结束、改革开放初期，一个村和几家人，几个男娃、女娃长大成人后在大时代里的纠葛和冲突。他们的父辈有贫农，也有地主、富农，必然给下一辈身上烙上不同的阶级烙印和迥异的性格秉性。

这个村的人名多用儿作尾音，女主人公灯儿由牛莉扮演，俊秀的容貌透着泼辣倔强，也有隐忍。灯儿和陈宝国扮演的牛大胆是打小就心心相印、天生一对。可命运偏偏让他们不能终成眷属，缘于上一辈结下的怨。

冯远征扮演的马仁礼很机灵，地主出身带来的自卑，使他一辈子办事都缩头缩脑。他和贫农出身的牛大胆逗哏频频但并不影响彼此间的信任。他一直深爱着乔月，而身为马仁礼未婚妻的乔月却为了改变只身困境，拼命向祖辈贫农的牛大胆示爱，虽然如愿以偿，也终归各奔东西。

这期间人民公社浮夸风盛行及欺上瞒下之荒唐，剧情头一回不再粉饰。然后便是大饥荒，接着又是“文革”。剧中再现了20世纪60

年代农村饿殍遍野的惨状。这些年看了陈宝国的无数演出，从古到今，大大小小的人物，上到皇帝下到大工匠，从未见过他饰演陷入如此绝境的农民。剧中再现了类似安徽小岗村联名按手印的情景，可谓逼上梁山！

为了摆脱世世代代的贫穷，牛大胆想方设法找出路，而充当“军师”在背后出点子的便是马仁礼。自由买卖在当时是资本主义尾巴，搞不好要掉脑袋。他俩三番五次到黑市倒腾，出过多少有惊有险的事。为了父老乡亲吃饱肚子，牛大胆百折不挠，正如他的名儿一样真是穷大胆，体现了一个不甘命运的中国农民的胆识和胸襟。剧中灯儿母女俩卖馍的事，固然令人发笑辛酸，灯儿的丈夫才真叫一个悲壮。他是村里有名的懦夫，明知媳妇爱的是牛大胆，却甘愿过这种没有指望的窝囊日子，顶多用“我抽你”来发泄。他的死是为灯儿死的，是剧中最为震撼的一笔，死者的价值在这一悲剧中得以升华。

电子传媒盛行下的青年难以想象那个特殊年代人的生存状态，我强烈的反应绝对不是本人抽风了。何西来在《中国农民调查》一书的序中写道：“2000 年湖北监利县棋盘乡党委书记李昌平在给国务院领导的信中说：‘农民真苦、农村真穷、农业真危险。’”“桂棣、春桃笔下农民生计的艰难，负担的沉重和某些村、乡、镇干部的欺上瞒下、横征暴敛、敲骨吸髓、草菅人命的严酷画面，还是让我震撼。他们的描写是真实的，令人信服的。”

本书出版时如响雷炸开，才过去 10 年，两位作者承担过多少，我无从知晓。还记得书中他们这样评价中国农民：“中国的农民，可以说是世界上最善良、最听话，又最能忍让的一个特殊的群体。”

我们真的穷怕了！我们真的不愿再回老路了！

灯儿说得好：“我是灯儿啊！”

灯是什么，灯要照亮黑暗的路；灯是什么，灯要给人光明；只要灯不灭，人就有盼头！

写到这里，近期正在热播路遥先生的同名电视剧《平凡的世界》，同是农村题材，我再次被深深吸引。过去我觉得自己离这位同行作家很远，看了《老农民》后，再看这部呕心沥血之作改编的电视剧，我离他的距离近了。

借此向路遥先生的在天之灵致敬！

2015 年 3 月 3 日初稿，三八节完稿
风后北京恢复了蓝天

赛先生的尾声

赛先生不是指五四运动提倡的那个口号之一。赛先生是因我没来得及记下它的全名，等想拿笔记下时，它已在屏幕上连同那些演员字幕匆匆而过了。

赛先生是一部20集原版英国电视剧中的男主人公，我发现时已播到最后三集，犹如幽黑的夜幕里骤然发现一颗珍珠！

喜欢英国影视剧久矣，去年迷上了《雀起乡到烛镇》（英国女作家 Flora Thompson 的作品）。那样熬夜看剧的日子持续了很久，直到头晕眼花。

英剧有个特别好的特点，就是看后令你尽享审美，让心里既满足又舒服，即便心潮激荡，也仍有心如止水之感。

《雀起乡到烛镇》故事发生在19世纪末20世纪初，古典时代和现代社会交会的英伦乡镇。男人的长筒礼帽，女人的束腰长裙。“赛”剧的时间晚得多，二战前后，欧洲年轻女子的时髦发式，是那种堆在耳边厚厚的卷发。裙子也变得短一点，但花边帽，蕾丝依然。那些石板街道、煤气灯、考究的店铺，这些在许多影片里见过的、又在踏上英伦岛后被我一一证实的它们，保存至今是何等厉害！

今天来看，英国人的派头还是属于人类文明的彬彬有礼类：赞语、歉意、美词，又不乏英式幽默。他们的优越感是浸透到骨子里的。

赛先生是其中最典型的一位绅士。黑色系礼服，考究的领结，修剪得整齐的胡子，他与你说话时眼睛直视着你，恳切又温和。他是牛津街上一家百货商店的老板，经营日用杂品、鞋帽服饰。他热爱商店，高调指挥，他的口号是："踏实努力，共同奋斗。这是百货商店的精神!"每日清晨别着胸针、衣着挺括的女店员们各就各位，迎接顾客。她们分工极为明确，其中的一名橱窗女设计师，貌美善良、才华横溢，她也是该剧的主线人物之一。

赛先生人到中年，有妻室儿女，太太罗斯气质不凡，具有艺术家的独特风韵。我因落了多集，我的印象是他们夫妇恩爱有加。直到我写完初稿后多日的一天，意外发现"赛"剧重播的预告，这让我惊喜不已，总算可以好好从头补看了，于是故事原委尽然。

首先赛先生的全名叫哈利·戈登·赛尔福里奇，本剧名是《赛尔福里奇先生》，导演安东尼·拜恩，女设计师名为陶勒。

出出进进赛先生商店的人很多，有高层的，更多的是小人物。高尚的、卑鄙的，因而发生了几件恶有恶报善有善报的事件。几对男女分分合合，凹陷的蓝眼珠里透露的爱意和伤感令人动容。

一次社交名媛梅夫人来店，转了一天，发现最值得她花费笔墨报道的是陶勒。一个普通商店，一个普通年轻的设计师见报了，事迹被家喻户晓，即使在今天也很风光，何况在尚未出现电媒的时代。大家纷纷向她祝贺，赛先生自然大大表彰这位杰出的部下。

深入剧情，赛夫妇并非英伦本土人，他们来自美利坚。赛夫人表面贤淑端庄，骨子里追求独立自由。在丈夫初创时期需要笼络类似推销代言人，与一个搔首弄姿的舞女艾伦·洛芙小姐关系暧昧时，自认被冷落的她一度徘徊在红杏出墙的边缘。这才明白自己只看到风暴之后大结局的表面。夫妇俩经历了一段不短的分居和冷战生活，双方都很痛苦，直到战争爆发。战争改变了一切！

这天首相丘吉尔要来百货店视察的消息传来，令全体店员振奋。陶勒在从美国赶回的男搭档的协助下，在主展示台设计了极具爱国情怀和气势的米字国旗阵容。但是他们的期盼落空，英国宣布参战，首相无法脱身了。很快，百货店变成了年轻店员入伍奔赴前线的誓师现场，赛先生的送别演说非常感人。

陶勒的故事在剧中占了很大篇幅。令人意外的是在她尽显才干的时刻竟要辞去自己心爱的工作去做新娘，这是一个很艰难的决定，让所有的人都为她感到可惜，赛先生尤为扼腕。出嫁前她为赛先生的店布置了最后一次、也是最为精彩的一次橱窗展示。展品是最普通的日用品，尽显家庭的温馨和甜蜜，诸如袜子、奶瓶和巧克力，洗碗手套只只朝上，歪着手指，卷着边，像是刚被家庭主妇脱下，伸伸疲惫的腰身。

离店前夜，陶勒加班到深夜，陪伴她一起工作的是同店那位志同道合并对她爱慕已久的男人。之后两人去街上散步，留恋和感伤弥漫在这对青年男女之间，欲言又止。虽然是俗套，我又何尝不期待有情人终成眷属呢？可导演偏偏不让，他让女设计师的理智战胜感情，道别后独自回家。

更出人意料的剧情却在这一拐点上给观众一个更大的惊喜。同一夜等候女设计师的准新郎顿悟该放新娘一马，让她回到自己心仪的岗位并和心爱的人在一起。他唯一要做的是向她祝福，然后割爱离去。

又一桩模范绅士风度的例子！

而赛先生这边毅然放弃因德高望重和模范商店得以进入市级委员会的大好前程，他说："我还是在我的商店里更好。"

最后一幕是已和丈夫冰释前嫌的赛夫人罗斯查出肺部患了绝症。为不让丈夫分心，她故意隐瞒了病情，直到生命最后。在感恩节家宴上，赛先生满含眼泪当着长大了的儿女向爱妻感恩祝福，妻子则说她这辈子享尽了幸福，这是赛先生给予的。

该片充满了爱，文明，宽容。

我不禁郁闷，跑到"伊斯兰国"的那个杀人如麻的英国人约翰，是否疯掉了？

2015 年 3 月 1 日初稿，3 月 3 日定稿
春天脚步近了。5 月 24 日修改

后　记

这是我平生自编的第二本随笔散文集。

出书，对于每一个以写作为己任的人来说，都是有诱惑力的。写了东西总希望有人看（虽然我写过大量给自己看的文字），现在时髦话叫“共享”。尤其是我写的多半是旧事，更希望年轻人能多了解。

像是一次隆重上岗，投身进去，便一发不可收。两个月来我在“故纸堆”里勘察、掂量，时不时有意外发现，但不满意还是多于惊喜。面对一堆多年累积下来的文字，有的只是一个有感觉的题目，有的只算是初稿，有的只开了一个头，一个蛮不错的开头，不知为什么就戛然而止了。说它们是散落的珠子也好，青涩的小苹果也罢，或充其量只是刚刚抽穗的麦苗。

舍弃永远是自选集必须经受的痛苦。看不上以前写的，羞于展示给读者，我将一批并未发表的旧文舍去，让它们继续不见天日。为了保证书质，直到交稿前，我还删去了整整一个章节，等于砍断原已安装好的一根弦。

忘了从哪天起，这次的盛情约稿转变成一种动力、磁力，奇妙地启开了我通向心灵与文字的交汇之门，催稿蜕变成快乐的码字，在这个春季往夏季渐变的日子里，诸事繁忙，鸡零狗碎，还有不能舍去的外出，所有的干扰都没能撼动自己将写作视为每日必做的功课。

书里有的文字是写在旅途中、在飞速的高铁上完成的。

每写出一篇，我都会先让协助我工作的小友张华丽当我的第一位读者，80后的她若喜欢，我会很开心。

写得畅快时，我几乎忘了出书的目的。忘情时我叹道："今年的春天是我文学的春天！"

我从没送过克定兄自己的书，似乎他也没看过我什么文章，感谢他如此信任我，推荐我，让我加盟到暨南大学出版社这样一个历史悠久的大学出版社的丛书中，和几位国际华人文学高手聚首，我深感荣幸。

截稿前，在南京清理父亲的遗稿时，发现了一封来自暨南大学的旧信，写信的时间在20世纪90年代，写信人是我父亲的一个学生。信封已发黄，上印有"暨南大学"的字样，字迹清晰，落款是"后学　李文初　1994. 3. 6"。假如在以前，这样一封普通的师生通信，我不会有多大反应，可这回不同，"暨南"二字跃入眼帘的一瞬间，我的心跳了一下，顿时有种亲近之感。

我将此信细心保留下来，不敢保证日后能联系到写信本人，至少在我用一本小书馈赠给广大读者之际，我想说："谢谢您，曾给予您的老师、我的父亲尊敬和爱戴，他已离世16载了，您和所有的他教过的学生们，一定和我一样在怀念他！"

写于2015年5月28日北京闷热的黄昏